講談社文庫

ST　警視庁科学特捜班

赤の調査ファイル

今野 敏

講談社

目次

ST　赤の調査ファイル

1

武藤嘉和《むとうよしかず》は、朝起きたときに、妙にけだるいのでおかしいなと思った。

二月に入り、寒暖の差が激しい日が続いた。春のようにうららかな日があったと思うと、その翌日には、寒波がやってきて一気に真冬に逆戻り、という陽気だった。

昨夜、会社の部下たちと久しぶりに深酒をした。二日酔いかと思って、胃薬のドリンクを飲んだが、どうも咽《のど》がおかしい。寒気もする。熱をはかってみると、八度を超えていた。

インフルエンザが例年に増してはやっている。会社でも何人もインフルエンザにかかり、マスクをしてごほごほと咳をしていた。

うつされまいと気をつけてはいたのだが、昨夜はつい飲み過ぎて、うがいもせずに寝てしまった。

このところ、疲れ気味で体力も落ちている。熱が八度を超えていると知ったとたんに、本格的なインフルエンザの症状を自覚するようになった。全身が熱っぽく、節々に痛みがある。ひどくだるく、胃がむかむかした。もっとも、胃のむかつきは、二日酔いのせいかもしれない。

とても、出勤する気になれない。だが、会社を休むわけにはいかなかった。

武藤は、ＯＡ機器のメーカーで営業をしている。会社は、不景気にもろに巻き込まれ業績の悪化に苦しんでいた。そして、リストラでなんとか持ちこたえようとした。

武藤はそのリストラの嵐を生き延びていた。ようやく課長の椅子にたどり着いたが、気を抜けばいつリストラされるかわからないという立場にあった。会社の業績はあいかわらず厳しく、誰がリストラされてもおかしくない状況にあった。

武藤は台所で朝食の用意をしている妻の真紀《まき》に言った。

「どうやら、風邪をひいたらしい」

妻が顔をしかめた。

「インフルエンザ？」

「そうかもしれない」

「熱は？」

「八度ちょっとだ」

「会社、休むの？」

「そうもいかない」

「アッちゃんにうつさないでね」

それが妻の一番の心配なのだ。武藤の体を心配するのは二の次だ。

一人息子の敦《あつし》は、一歳になったばかりだ。母親としては赤ん坊にインフルエンザをうつされる心配をするのは当然だ。

だが、少しは俺のことも心配してくれ。

武藤は、心の中で不満をつぶやいていた。

妻との間がぎくしゃくするようになってしばらく経《た》つ。育児を押しつけられて不満が溜まっているのだ。武藤も子育てに協力したいとは思う。だが、仕事が忙しい。新築のマンションを買ったばかりだ。ローンを払い続けるためにも、また、子供の養育費を稼ぐためにも、会社をクビになるわけにはいかない。

武藤は、会社で厳しい競争を強いられていた。その競争に負ければリストラが待っているかもしれない。妻もその点は理解しているはずだ。だが、頭で理解していても、感情は別だ。不満はつのる。武藤は、朝からひどく機嫌が悪くなった。体調がすぐれない上に、妻の態度が気に入らない。

「病院に行って、薬をもらってくるよ」

「気をつけてよ」妻は言った。「あなた、いつだったか、アレルギーが出たことがあるでしょう？　ちゃんとお医者さんに言うのよ」

「ああ、わかっている」

アレルギーといっても、皮膚の柔らかなところに軽い発疹が出ただけだ。かゆみ以外に特別な症状はなかった。

武藤は、休み休み身支度《みじたく》を整えた。

「朝ご飯は？」

「食欲がない」

「せっかく作ったのに……」

こいつ、文句を言うネタを探しているのか……。

武藤はうんざりした気分で玄関に向かった。

真紀は玄関にやってこない。敦の見送りもなしだ。インフルエンザにかかっているのだから、仕方がないか。母子にうつすわけにはいかない。

武藤はマンションの部屋を出た。

いつもの通勤路がひどくつらい。満員電車がこたえた。

その日は、会社から病院に行こうと思っていたのだが、いざ仕事を始めてみるとてもそんな余裕はなかった。また、仕事の高揚感で風邪の苦しさをしばし忘れていた。

結局、その日は九時過ぎまで残業をしてしまった。

帰って熱をはかると九度を超えていた。市販の風邪薬を飲んですぐに蒲団《ふとん》に入った。朝までに熱が下がってくれと祈った。熱さえ下がれば、会社は休まないで済む。

一晩中悪寒《おかん》に震えていた。妻と子供はインフルエンザがうつるといけないといって、別の部屋に蒲団を敷いて寝ている。

ひどく情けない気分になった。

＊

翌朝になっても熱は下がらなかった。とても会社に行ける状態ではない。武藤は、会社を休んで病院に行くことに決めた。

普段病院とは縁がない武藤は、どこの病院に行けばいいのかわからなかった。どうせなら、町医者より大きな病院がいいと思った。そのほうがちゃんとした治療をしてくれるような気がしたのだ。マンションから車で十分ほどのところに大学病院があることを思い出した。行ったことはないが、大学病院なら間違いないだろう。

武藤はそう思い、タクシーを呼んで病院に出かけた。

ロビーに入ったとたんに圧倒された。まるで銀行のように大きなカウンターがあり、窓口がいくつも並んでいる。外来受付に行くと、初診受付に行ってくれと言われた。初診受付に行くと、制服を着た女性事務員が冷たい口調で言った。

「紹介状はお持ちですか？」

「いえ……」武藤は慌てた。「紹介状がないとだめなんですか？」

女性事務員は愛想のかけらもない表情で紙を出して言った。

「こちらに記入してください」

武藤は、紙に記入して持っていくと、「お呼びしますから、しばらくお待ちください」そう言われた。

言われたとおりにするしかなく、カウンターの前に並んでいるベンチに腰かけた。

初診外来の前に案内板があり、それを見て驚いた。受付の締め切りが午前十時と書いてある。もう少し遅ければ受付してもらえないところだった。

十五分待たされて、呼ばれるとプラスティックのホルダーに挟まった書類の束を渡されて、初診診察室の受付へ行けと言われた。そこの受付も愛想が悪かった。まるで、患者のことを迷惑がっているようにすら見える。

初診診察室の前にも椅子が並んでいる。そこに腰かけ、また、待たなければならなかった。

ようやく順番が来て、カーテンの向こうに並んでいる診察室の一つに入った。

医者が机に向かって書類を見ている。

「どうしました?」

武藤のほうを見ずに、医者が尋ねる。

「風邪を引いたらしく、熱があるんです」

「これで熱をはかってください」

医者に電子体温計を手渡された。武藤は、言われるままに熱をはかり、医者に体温計を返した。

「九度五分ですね」

何の感情もまじえずそう言うと、医者はカルテにその数字を書き込んだ。

それから、医者は武藤の咽をペンライトで照らし、顎の骨の下を指で押しながらなぞった。

医者は、また机のほうを向いて尋ねた。

「おなかの具合とかはどうですか？」

「別に……。食欲はありませんが……」

「薬のアレルギーはありますか？」

「アレルギーといえるかどうか……」

医者は初めて、武藤のほうをはっきりと見た。苛立《いらだ》った様子で言った。

「あるんですか、ないんですか。どっちです？」

「以前、薬を飲んだときに、赤いぽつぽつができてかゆくなったことがあるんです」

「何という薬ですか？」

「覚えてません」

「どういう薬でしたか？」

「風邪をひいたときにもらった薬だったと思います」

医者は、何かカルテに記入した。くねくねとした字で、本人でも解読できないのではないかと武藤は思った。日本語ではなかった。

医者はカルテやほかの書類を、プラスティックのホルダーに挟むと、やはり武藤のほうを見ずに言った。

「受付の前でお待ちください」

もう終わりか……。

椅子に座ってから、一分と経っていないような気がした。一時間以上も待たされて、ぞんざいな診察を受ける。これでは何しに来たのかわからない。文句を言おうと思ったが、相手は医者だ。武藤は気後れして何も言えなかった。

受付の前で待っていると、今度は内科の受付へ行けと言われた。

内科の前にも大勢の患者が待っていた。

また待たされるのだろうな。武藤は覚悟した。案の定、そこでも三十分以上待たされた。九度以上の熱がある患者をあちらこちらに移動させ、平気で待たせる。大学病院というのは、何というところなのだろうと思った。

内科で名前を呼ばれたときには、すでに昼を過ぎていた。

医者がカルテを見ていた。三十半ばの眼鏡をかけた痩せた医者だった。

武藤が入っていくと、その医者は武藤のほうを見て言った。

「インフルエンザかもしれませんね。今、流行《はや》っていますから」

ここに来て初めて人間らしい言葉が聞けたと思った。

「昨日から熱が出まして……」

「関節の痛みはありますか？」

「はい」

「ちょっと口を開けてください」

使い捨てタイプのへらで舌を押さえられた。思わずげっとえずきそうになる。

「服を持ち上げて胸を出してください」医者は聴診器を胸に当て始めた。「大きく息を吸って。はい、吐いて……」

こうして聴診器を当てられるだけでちょっと安心する。それから、医者は首から顎の下にかけて、両手で包むようにして触った。

卓上の電話が鳴った。内線電話のようだ。

「ちょっと、失礼します。すぐに戻ります」

医者は、診察室を出て行った。

しばらくして、別の医者が武藤の前に現れた。若い医者だ。武藤より十歳近く若そうだ。なんだか頼りない気がした。

「ええと……」若い医者は、カルテを見つめている。「熱があって、咽の腫《は》れがあって……。関節痛ですね……」

「はい」

「インフルエンザでしょう。薬を出しておきますから、栄養と睡眠を充分にとってください」

それで終わりだった。

「以前、薬を飲んで赤いぽつぽつができたことがあるんですが……」

若い医者は、わざとらしい深刻な表情で武藤を見つめた。

「どんな薬です？」

「薬の名前なんて、いちいち覚えてませんよ」

「それがいけないんです。自分の飲む薬くらい、自分で覚えておいてください」

「風邪をひいたときにもらった薬だと思いますよ」

「じゃあ、薬を出すのをやめておきましょうか？」

「私は、一日も早く風邪を治してもらいたくてここに来たんです」

「ただの風邪じゃなくて、インフルエンザですよ。風邪というのは、インフルエンザも含めた上気道の炎症のことです。インフルエンザは特定のウイルスが原因です」

そんな講釈を聞きに来たわけではない。

「早く楽になりたいんです」

「じゃあ、こうしましょう。含有量の少ない抗生剤の錠剤を出しますから、日に三回に分けて飲んでください。また同じようなアレルギーの症状が出たら、服用を中止してください」

なんだか釈然としなかったが、納得するしかなかった。医者の言うことだから間違いはないだろうという気持ちがどこかにあった。

三日後にもう一度来てくれと言われたので、受付で予約を取った。病院内の薬局で薬を出してもらい、会計へ行った。薬局で二十分ほど待たされ、会計で十五分待たされた。

病院を出たときには、病状が悪化したように感じられた。タクシーで自宅に帰り、もらった薬を飲んですぐに寝た。

夜中にぐっしょりと汗をかき、何度も着ているものを取り替えなければならなかった。

「子供の世話だけで、手一杯なのに……」

妻は文句を言った。俺の人生、こんなものか……。

武藤は、腹が立ったが、言い返す元気もなかった。

＊

翌日、目を覚ますと口の中に妙な感触があった。水ぶくれができているようだ。口を大きく開けると、咽にも水疱ができているように見える。気になったが、二日後に京和《きょうわ》大学医学部を予約しているので、そのときに相談しようと思った。さいわいにして熱は下がっていた。武藤は出勤して仕事をこなした。

その翌日には、顔に発疹が出た。だが、以前のようなかゆみはなかった。おかしいなと思ったので、医者に言われたとおり、抗生剤の服用を中止した。明日は診察日だ。そのときに相談すればいい。

診察日の朝、赤い発疹は顔だけではなく、胸にまで広がっていた。顔は、赤くむくんだようになっている。

内科に行くと、先日の若い医者が診察した。武藤は、最初に内科で診てくれた眼鏡をかけた痩せた医者に診てほしかった。

あの医者は、武藤の顔をちゃんと見てくれたし、人間らしい言葉もかけてくれた。

「あの……、最初に僕を診てくれた先生は……？」

若い医者は、ちょっとむっとした表情になった。

「平戸《ひらと》先生ですか？　先生は講師だから忙しいんです。僕が担当ですから……」

担当と言われたら仕方がない。美容院やクラブじゃないのだから、指名するわけにもいかないだろう。

「やはり、発疹が出てますね」

若い医者は言った。

「言われたとおり、抗生剤の服用は中止しました」

「熱をはかってみましょう」

体温計を手渡された。熱は七度ほどに下がっていた。

「咽の痛みはどうです？」

「まだ、ちょっと痛みます。咳も出ます」

「抗生剤はやめて、消炎解熱剤を出しておきます。また熱が高くなるようなら飲んでください」

武藤は言いしれぬ不安を感じはじめた。

何かが違っている。だが、それが何なのかはっきりとわからない。

「あの……」

「何です？」

「この発疹は……」

「ああ……。ちょっとした副作用でしょう」

「口の中や咽にも水ぶくれがあるんですが……」

「上気道炎を起こしていますからね。そのせいでしょう。また、発熱でビタミンBが消耗するので口内炎が起きることがあります。ビタミン剤も処方しておきます。念のため、皮膚科の予約を取っておきましょう。受付に回しておきますので、そこで聞いてください」

診察は終わった。

たしかに風邪はよくなった。しかし、別の心配が生じた。この発疹はただ事ではない気がする。

しかし、ここは大学病院だ。これ以上の医療をどこで受けられるというのだろう。大学病院で不安を感じたからといって、町医者にかかるというのも愚かしい気がした。

結局、内科の受付から皮膚科の受付へ回され、そこで予約を取ることになった。二日後の予約が取れ、再度来院することになった。その日は、消炎解熱剤とビタミン剤を薬局でもらい、帰宅した。

「おい、蛍光灯、暗いんじゃないか?」

その夜、夕食の最中に、武藤はふと妻に言った。妻の真紀は怪訝《けげん》そうな顔をした。

「いつもと変わらないわよ」

「何だか、見えにくいんだ……」

「あなた、顔の皮がむけてきてるわよ」

「え……」

顔に手を持っていくと、ざらざらとした感触があった。洗面所の鏡をのぞきに行くと、たしかに発疹のある皮膚がはがれかけている。

ぞっとした。

よく見ようと顔を近づけたが、どうにも見えづらい。

どうしたんだ。眼がおかしい……。微熱が続いているせいか、全身がだるい。食事の途中だったが、起きているのがつらくなった。武藤は今日処方された消炎剤を飲んでベッドにもぐりこんだ。明日は会社に行かなければならない。顔の皮がむけているのは気になるが、明後日には皮膚科の診察を受けるから、なんとかしてくれるだろう。

その夜、また熱が上がった。そして、発疹が全身に広がり、腕や胸の皮もむけはじめた。ただ事ではないと思い、ついに、妻に救急車を呼んでもらった。

救急車を待つ間、武藤はさまざまなことを考えた。救急車を呼んだことなど初めてだ。救急車など大げさじゃないか。タクシーで病院に行けば済むことだったかもしれない。大学病院の職員や医者のことを思い出した。

「これくらいのことで、いちいち夜中に駆け込まないでください」

そんなことを言われる場面を想像していた。大学病院は、そう言われかねない雰囲気がある。

おとなしく予約の日まで我慢すればよかったのだろうか。そんなことさえ考えた。

だが、駆けつけた救急隊員は、一目武藤の様子を見るなり、顔色を変えた。

「何がありました?」

武藤はこたえた。

「インフルエンザで病院にかかりました。その後、こんなになって……」

「どこの病院ですか?」

「京和大学病院です」

「では、そこに搬送しましょう」

武藤はストレッチャーに乗せられ、救急車まで運ばれた。救急隊員が無線で病院と連絡を取っている。

「付き添いましょうか？」

さすがに妻が心配そうな顔で言った。

「いや、一人でだいじょうぶだ。敦を頼む」

救急車の中で、住所、氏名、年齢を聞かれた。視界がぼやける。救急車に乗ってしまったからには、救急隊員に任せるしかない。やがて、救急車は京和大学病院に到着し、武藤は夜間出入り口からストレッチャーで運び込まれた。

集中治療室に運ばれると、しばらくして眠そうな顔の当直医がやってきた。若い医者だった。

ベッドの脇で、一瞬たたずんだ。

「どうしたんです？」

医者が尋ねた。

「こちらの内科でインフルエンザの診察を受けました。もらった薬を飲んだら、こうなったんです」

呼吸が苦しくなってきた。眼はますます見えにくくなっている。武藤は恐ろしくてパニックを起こしそうになった。

「外来で診察を受けたのですね」

「そうです」

声がかすれた。

医者は、女性看護師にカルテを持ってくるように指示した。カルテが来るまで、医者は何かの検査と、点滴の指示をした。それ以外は何もしようとしない。

おそろしく不安だった。

「先生……。息が苦しいんです。何だか眼も見えなくなってきた……」

「待ってください。今カルテで確認しますから……」

天井の蛍光灯が滲んだ。息苦しい。武藤は、大きく息を吸おうとした。だが、苦しさは癒えない。それればかりか、苦しさは増すばかりだ。

ついに武藤はパニックを起こした。ひいひいと音を立てて息を吸い込もうとする。

「落ち着いて……。ゆっくり呼吸をしてください」

医者の声がはるか遠くから聞こえてくるようだ。

武藤は意識を失った。そして、二度と意識を取り戻すことはなかった。

2

「カンファレンス……？」

百合根友久《ゆりねともひさ》は、赤城左門《あかぎさもん》の顔を見て思わず聞き返していた。赤城は無精ひげを生やし、髪が適度に乱れている。それが、彼の場合、不潔な印象を与えない。男の色香のようなものを感じさせる。

「そうだ」赤城は、いつもの低くよく透る声でこたえた。「裁判所から依頼が来た」

「カンファレンスって、病院なんかで医療事故があったときに、お医者さん同士が意見を述べ合うことでしょう？」

「医療訴訟の鑑定でカンファレンス方式を取り入れる動きがある。かつては、裁判所が専門医を探して依頼していたんだが、引き受ける医者が見つかるまで何ヵ月もかかることがあった。カンファレンス方式では、裁判資料が送られてから二ヵ月で意見をまとめることになっている」

赤城は、警視庁科学特捜班、通称ＳＴの法医学担当だ。医師免許を持つれっきとした医者なのだ。

「でも……」STの責任者である百合根は、ふと心配になって言った。「赤城さん、集団での議論とかは苦手なんじゃないですか？」

赤城はかつて対人恐怖症だったという。今はなんとかそれを克服したが、その名残として女性恐怖症だけが残った。そして、赤城は常に一匹狼でいたがる。

臨床心理学者の青山翔《あおやましょう》に言わせると、男女間の人間関係は、もっとも基本的なものだが、同時にもっとも対処が難しいものなのだそうだ。

赤城の場合は、たいていの人間関係にうまく対処できるようになったが、一番複雑な男女間の関わりには対処しきれなかったのだろうと、青山が言ったことがある。

「心配ない」赤城は言った。「専門的な話をするだけだ」

「医療訴訟って、どんな訴えなんです？」

「裁判前なんでな、原告について詳しい話はできない。だが、SJSに関わることなので、無視できないと思った」

「SJS……？」

「スティーブンス・ジョンソン症候群。体中のあらゆる皮膚、粘膜が火傷状になり、むけてしまう。内臓にまで及ぶと多臓器不全となり、死亡する。TENもSJSの一種と捉える医者もいる」

「ＴＥＮというのは？」

「中毒性表皮壊死《えし》症だ」

「原因は何なんです？」

「薬物アレルギーが主な原因といわれているが、発症のメカニズムはまだ解明されていない」

「薬物アレルギー……」

二人の話を聞いていた山吹才蔵《やまぶきさいぞう》が言った。

「ＳＪＳやＴＥＮのやっかいなところは、どんな薬で発症するかわからない点にあります」

山吹は、ＳＴの第二化学担当で、薬学の専門家だ。実家が曹洞《そうとう》宗の寺で、本人も僧籍を持っている。殺人事件の現場では必ず経を唱える。それに苦情を言った捜査員はいまだにいない。

百合根は山吹に尋ねた。

「そんな……。じゃあ、安心して薬なんか飲めないじゃないですか」

「抗生剤や鎮痛解熱剤などで発症する例が多いのですが、実際、市販の風邪薬でＴＥＮを発症して死亡した例があります」

そういえば、そんな記事を読んだことがある。百合根は思った。

「市販の風邪薬も安心できないのですか？」

「安心できませんね。問題は、薬のほうではなく、現代人の体質のほうだと、私は考えていますがね。つまり、アレルギー体質です。その意味でＳＪＳは、現代病ともいえます」

「一説には……」赤城が言った。「人口百万人当たり、年間でＳＪＳを発症するのは、一人から六人程度、ＴＥＮを発症するのは、〇・四人から一・二人。滅多《めった》に罹患《りかん》するものじゃないから、そう心配することもない」

「なるほど……」

百合根は、そう言われても安心はできなかった。市販の風邪薬でも発症することがあると聞いて、嫌な気分になった。

警視庁科学特捜班に割り当てられた部屋は、ＳＴ室と呼ばれている。警察の係ではたいてい机を向かい合わせにくっつけて、島を作る。だが、ＳＴ室では、百合根の机を除き、すべて壁に向かって置かれている。

左右の列とも三つずつ机がある。

部屋の中には、ＳＴのメンバーが全員顔をそろえていたが、あとの三人は、百合根と赤城の会話に関心を示していないようだ。

文書担当で臨床心理学者の青山翔は、一番戸口に近い机に向かい、机上を散らかすことに専念しているように見える。青山は、女性たちはおろか男性までがつい見とれてしまうほどの美青年だ。色白で端正な顔立ち、絹糸のような繊細でしなやかな髪をしている。その見かけと彼の乱雑な机の上のイメージがなかなか結びつかない。青山は、秩序恐怖症なのだ。整理整頓された場所にいると、不快になるという。本人の弁によると、それは、極度な潔癖性の裏返しなのだそうだ。

彼は気分屋で、関心のあることとないことの区別がおそろしくはっきりしている。病気の話は、彼の関心の埒外《らちがい》にあるようだ。

青山の隣の席は空席となっている。青山の机があまりに乱雑で、ときに書類やら書物やらが隣にまであふれ出してくるので、誰も座りたがらない。

青山の机とは反対の列の出入り口側には黒崎勇治《くろさきゆうじ》がいる。

黒崎は第一化学の担当で、化学事故やガス事故などの専門家だ。嗅覚が超人的に鋭く、かすかな臭いをかぎ分けることができる。かつて、同僚は彼のことを人間ガスクロマトグラフィーと呼んでいたらしい。黒崎は武道の達人で、いくつかの古武道の免許皆伝だ。おそろしく無口な男で必要最小限のことしかしゃべらない。もしかしたら、百合根と赤城の会話に関心があったのかもしれないが、彼が他人の会話に割り込んでくることなどあり得ない。

黒崎の隣には、結城翠《ゆうきみどり》がいる。

翠は、物理担当で、特に音響学の権威だ。ただ単に音響について詳しいだけではない。彼女は並はずれた聴力を持っている。翠はいつも部屋にいるときは、ヘッドホンをしてMDか何かを聴いている。そうしていないと、ありとあらゆるものが聞こえてしまうのだ。それは彼女自身の心理的な防衛措置であると同時に、他人のプライバシーのためでもある。彼女には、他人にかかってきた電話の相手の声まで聞こえてしまうのだ。

翠は、露出度の高い服を好んで着ている。長くゆるやかにウェーブを描く髪。胸と腰が豊かなメリハリのきいたボディーにそうした服装が驚くほどよく似合う。今日も、翠は胸の大きく開いたセーターに腿のほとんどがむき出しになってしまうほどのミニスカートをはいている。

これも青山の分析だが、翠は閉所恐怖症なので、あらゆる束縛を嫌うのだという。だから、開放感のある服装でなければ我慢できないのだそうだ。彼女はヘッドホンをしたまま雑誌をめくっている。MDの音楽を聴きながらでもおそらく周囲の会話は、はっきりと聞こえているだろう。医学関係の会話には興味がないようだ。

「それで……」百合根は赤城に尋ねた。「裁判所からの資料はいつ届くんです？」

「二、三日のうちには届くはずだ。しばらくは、かかりきりになるかもしれない」

「その間に、事件が起きて、STが出動することになったら、どうします？」

「キャップ。それは、こっちが訊くことだ。俺はキャップの指示に従わなければならない立場だ」

百合根はそう言われて恥ずかしくなった。いつまでたっても、彼らの上司という自覚が持てない。

赤城が言った。

「まあ、検視が必要になったら、川那部《かわなべ》検死官にでもまかせるか」

「本気ですか？」

赤城は、口元をかすかに引きつらせた。皮肉な笑いだった。

＊

赤城が意見をまとめる間の二ヵ月間、何度かSTが捜査の現場に出動することがあったが、さいわい検視に関わる事件はなく、赤城の手を煩《わずら》わせることはなかった。

赤城が不在の現場で、鑑識係の一人に訊かれたことがある。

「今日は、赤城のダンナは、来ないのかい？」

鑑識係員たちは、赤城がやってくることを期待していたようだ。

赤城が現場にやってくると不思議なことが起きる。赤城は、一匹狼を気取って好き勝手に検視を始めようとするのだが、いつしか彼の周りに鑑識係員たちが集まり、専門的な意見の交換が始まる。赤城にはたしかに人を惹《ひ》きつける魅力がある。妙な人望があるのだ。本人はそれに気づいていない。

百合根は、いつも赤城のそうした資質をうらやましいと思っていた。警視庁科学捜査研究所の桜庭大悟《さくらばだいご》所長にSTの統括を命じられ、五人のメンバーに会った当初は、絶望的な気分になった。

とても彼らを束ねることなどできない。そう思った。今でもそれはあまり変わっていない。百合根はいつも彼らに振り回されているような気がする。それでもいくつかの成果を上げることができた。それは百合根の指導力のせいではなく、メンバーたちが優秀だからだ。彼らに助けられている。百合根は今でもそう思っていた。

やがて、赤城が関わっていた医療訴訟の裁判が開かれ、赤城はほかの二人のカンフアレンスのメンバーと意見の交換をするために裁判所に出頭した。

そして判決が出た日、赤城はひどく不機嫌そうな表情でST室に戻ってきた。

赤城は滅多なことでは笑わない。常に何か苦悩を抱えているような顔をしている。おそらく彼の無精ひげや適度に乱れた髪が男の色香を感じさせるのは、その表情のせいだろう。だが、これほど不機嫌そうな赤城も珍しい。

百合根は恐る恐る尋ねた。

「判決はどうだったんですか?」

赤城は、ぶっきらぼうにこたえた。

「原告側の敗訴だ。病院に賠償責任はないということになった」

青山、黒崎、翠の三人は相変わらず無関心の様子だ。山吹は、赤城のほうを見ていたが、ただ何度かうなずいただけだった。

「医療ミスではなかったということですか?」

「どこかにミスはあったはずだ。だが、そのミスを証明することができなかった。原告はSJSで死亡した患者の奥さんだが、亭主が病院に運び込まれたときには、付き添っていなかった。その場でどんな加療が行われたのか、実際には見ていなかった」

「あの……」百合根はさらに尋ねた。「つまり、赤城さんは、原告側の勝訴だと思っていたわけですね」

「何らかの賠償責任はあったはずだ。ＳＪＳを発症した人間が全員死亡するわけじゃない」

「難しいですね……」山吹が言った。「赤城さんのお気持ちはよくわかりますが、ＳＪＳやＴＥＮは、いつ誰に起きるか予想できないでしょう。また、一度発症すると、きわめて死亡率が高い。助けることはできなかったかもしれません」

赤城は、鋭い眼で山吹を睨んだ。その表情に、山吹よりも百合根が驚いた。

赤城は山吹に言った。

「おまえも、カンファレンスに出席した医者のようなことを言う。患者が一人死んでいるんだぞ。インフルエンザにかかり、病院を訪れただけの患者だ。それが死んだ。病院の投薬が原因なのは明らかじゃないか」

青山、黒崎、翠の三人が赤城のほうを見た。彼らも、赤城の激しい口調に驚いたようだ。当の山吹は落ち着き払っている。彼はあくまでも穏やかな口調で言った。

「あなただってご存じでしょう。ＳＪＳは、どんな薬で発症するか予測はきわめて困難だって。病院では、予測は不可能だったはずです」

「兆候を見逃したんだ。そして、ＳＪＳに対する知識が不足していた。病院の責任だ」

「カンファレンスに出席されたほかのお医者さんの意見は、私と同じだとおっしゃいましたね。つまり、多くの専門家がそう考えているということです」

赤城は怒りの表情だった。

「ほかの医者は二人とも、病院の味方をするんだ。もちろん、別々の病院から来た医者だ。だが、医者同士は妙な結束がある」

「あなただって医者でしょう」

「俺は、なれ合いの医者の世界が嫌いだ」赤城は、吐き捨てるように言った。「それが患者を殺すことがある」

山吹は、尋ねた。

「患者は、インフルエンザで病院を訪れたと言いましたね。病院では、何を処方したのです？」

「最初の来院で、セフカペン・ピボキシル百ミリ錠剤と、ジクロフェナクナトリウム剤を処方され、その三日後にジクロフェナクナトリウム剤を再度処方された」

百合根には当然なんのことかさっぱりわからない。

「どこの病院でも処方する抗生剤と解熱鎮痛消炎剤ですね。その処方自体は問題じゃありません」

「インフルエンザにジクロフェナクナトリウム剤を処方したんだぞ」

「わかっています。インフルエンザ脳炎・脳症のことをおっしゃりたいのでしょう。たしかにジクロフェナクナトリウム剤やメフェナム酸製剤は、インフルエンザ脳炎の死亡率が高まることが知られています。メフェナム酸製剤をインフルエンザの解熱に使用しないようにとの厚労省からの報告もあります。しかし、それが問題になるのは、子供の場合です。それに、ジクロフェナクナトリウムの使用が禁止されているわけではありません。そして、今回問題にされているのは、インフルエンザ脳炎・脳症ではありません。SJSとTENなのですよ。冷静になってください」

「俺が冷静じゃないというのか？」

たしかに赤城は冷静ではなかった。いつもの赤城らしくない。百合根は、うろたえながらも、不思議に思っていた。

何が赤城を怒らせたのだろう。

山吹が言った。

「ともかく、判決は下ったのです。もう赤城さんのすることはないじゃないですか」

赤城は、口を真一文字に結び、山吹を見据えていた。やがて、彼は言った。

「おまえはいつもそうやってすました顔で、当たり障《さわ》りのない正論を吐く。すべての出来事を一般論にしてしまえば、さぞかし自分は楽だよな」

この言葉には毒があった。

「ちょっと、その言い方はないんじゃない」翠が言った。彼女は、ヘッドホンをむしり取るように外した。「何が気に障ったのかしらないけど、山吹さんに八つ当たりすることないでしょう？」

「うるさい」赤城は、今度は翠を睨みつけた。「おまえらに何がわかる」

「わからないわよ」翠が椅子を回して赤城のほうを向き、言った。「なんであんたがいらついているかなんて、あたしたちにわかるはずないじゃない」

「なら、口出しするな」

部屋の中が険悪な雰囲気になった。

何とかしなければならないと、百合根は思った。だが、何を言っていいかわからない。

赤城は、小さく舌打ちすると部屋を出て行った。

ドアが閉まる激しい音がして、そのあと静寂が残った。

百合根は、呆然としていた。

沈黙を破ったのは、意外にも青山だった。

「ああいうところ、まだまだ人付き合いがへただよね」

翠が山吹に言った。

「あんた、気にしなくていいわよ」

山吹は平然と言った。

「何も気にしてはおりません。ただ、赤城さんが、あれほど感情を露《あら》わにするのは珍しいですね」

青山が言った。

「病院が嫌いなんじゃないの」

百合根は、思わず青山のほうを見ていた。青山は、机の上の書物と書類の山をぼんやりと眺めている。

「病院が嫌いって……」

百合根は言った。「あの人、医者じゃないですか」

「医者だけど、病院で働いていない」

「それは、赤城さんが法医学の道を選んだからでしょう」

「たいていの法医学者は大学に残っている。でも、赤城さんは科捜研に来たんだ」

なぜ赤城が科捜研に入ったか。その経緯《いきさつ》を百合根は知らなかった。

「青山さんは、赤城さんがどうして大学に残らなかったか、知っているのですか？」

「知らないよ」

青山はあっさりと言った。

百合根は、ほかのメンバーを見回した。

「誰か知ってますか？」

翠が言った。

「誰も知らない。知る必要もない。あたしたちは、過去のことはどうでもいいの。専門家としての能力があれば、それでいい」

やっぱり、この人たちはちょっと普通とは違っている。

百合根はそう思った。

職場の同僚というのは、多かれ少なかれ互いに個人的な事柄を知っているものだ。そういえば、彼らが個人的な話をするのを聞いたことがない。彼らはそれぞれに独立している。それでいて、STというチームは決してばらばらではない。専門家の集まりというのは、こういうものなのかと、あらためて思った。

「でも……」青山が言った。「赤城さんが、あれだけ入れ込んでいるのは、何かに気づいたからかもしれないよ」

「何かって？」

百合根は思わず尋ねた。

「知らない」

訊かなければよかったと思った。

「どんなに赤城さんが頑張ったところで、裁判で結果が出た以上、どうしようもないでしょう」山吹が言った。「個人的には、私も日本の薬漬けの医療は間違っていると思っています。しかし、それをすぐに改めることはできません」

山吹の言うとおりだった。もう、この件に関して赤城にできることはない。ましてや、STにはすでに関わりのないことだ。

百合根はそう思っていた。

3

翌日、ST室に捜査一課の菊川吾郎《きくかわごろう》がやってきた。四十五歳の叩き上げの警部補だ。いつもの仏頂面《ぶっちょうづら》でドアを開けたが、部屋の中の雰囲気に気づいたのか、怪訝そうな顔になった。

ST室の中は静まりかえっていた。

STのメンバーは、世間話など滅多にしない。だから、いつもたいていは静かなのだが、その静けさの雰囲気が違う。

菊川は、百合根のデスクのそばまでやってきて、小声で尋ねた。

「何かあったのか?」

原因は、赤城の不機嫌だ。

赤城は、どちらかというと無口なほうだし、自分から他人になにかを働きかけることはない。だが、たしかに彼はSTのムードメーカーなのだ。彼が不機嫌だと、自然とST室は沈んだ雰囲気になる。そして、山吹とやり合ったことがまだくすぶっている。

百合根は、菊川の質問にこの場ではこたえたくなかった。

「ご用件は？」

「何とか言う病気で死んだ患者の遺族が医療訴訟を起こした。その裁判の鑑定医に、赤城が呼ばれたって聞いたが……」

「ええ。それが何か……」

「あの件な、刑事事件になった」

赤城が反応するのが見えた。顔を動かさなかったが、眼がこちらを向いた。

「遺族が刑事告訴したということですか？」

「そうだ。業務上過失致死の疑いで捜査しなければならない。一度は赤城が手がけたのだから、こいつはST向きの事案だと思ってな……」

どうも歯切れが悪い。

「実際のところ、どういうことなんです？」

「警部殿。あんたもだいぶ人生の荒波に揉まれて、いくぶんか世の中のからくりがわかってきたようだな」

「誰もこの事案を担当したがらないということですか？」

「……というか、回せる人員が限られている。捜査員はいつも人手不足だ。民事裁判でシロだと結論が出た事案だ。刑事事件にしたところで、結論はおそらく同じだ。捜査員の士気も上がらない」

「つまり、有《あ》り体《てい》に言うと、誰も本気でやりたがらないということですか？」

「そりゃ言い過ぎだ、警部殿。事件となればちゃんと捜査はするさ」

「専任の捜査員は何人ですか？」

「所轄で二人、本庁では今のところ、俺一人だ」

「僕が加われば二人になるというわけですね」

「まあ、そういうことだ」

「たった四人で捜査をしろということですか？」

「四人じゃない。STの五人がいる」

STのメンバーは警察官ではない。警視庁の技術吏員だ。警察のバッジも手錠も拳銃も所持できない。

「いいじゃないですか」山吹が言った。「ST向きの仕事ですよ」

百合根は、赤城を見た。赤城はすぐに眼をそらして、手に持っていた雑誌を読むふりをした。

「赤城さん」百合根は言った。「どう思います？」

赤城は、雑誌を見たまま言った。

「俺はキャップの指示に従うだけだ」

百合根はうなずいて、菊川に言った。

「わかりました。いつからかかります？」

「すぐにだ。これから、所轄に出向いて説明を聞いてくる」

「所轄は？」

菊川より先に赤城がこたえた。

「品川署だ。問題の病院は、京和大学病院。東品川三丁目にある。そして、患者の自宅は東品川一丁目にあるマンションだ」

菊川は赤城を振り返り、言った。

「そのとおりだ」

百合根は言った。

「じゃあ、すぐにでかけましょう」

＊

品川署では、二人の捜査員が百合根たち一行を待ち受けていた。

捜査第一課強行犯係の市川杉夫《いちかわすぎお》巡査部長と壕元清《ごうもときよし》巡査長だ。

市川杉夫は、定年間近のベテラン部長刑事だ。ほっそりとした体格で、顔も細面《ほそおもて》だ。ロマンスグレーでなかなかダンディーだ。

壕元清刑事は、市川とは対照的で、ずんぐりとした体格をしている。だが、決して太っているわけではない。筋肉質なのだ。眉毛が太く、髪を短く刈っている。年齢は三十代の半ばだ。

「お待ちしておりました」市川は、菊川に向かって言った。「資料をそろえておきました。こちらへどうぞ」

菊川はうなずいた。

市川は菊川が一番立場が上だと見て取ったのだろう。年齢からしても、貫禄からしてもそれは当然のことだった。百合根は気にしなかった。

壕元は、ＳＴの面々を見て一瞬奇妙な表情を浮かべた。警察官には独特の雰囲気がある。どこか秘密めいた、そして威圧的な雰囲気だ。

ＳＴの連中は明らかに異質だった。壕元はそれに気づいたのだろう。そして、彼は翠の挑発的な服装をちらりと見た。気にしていないふりをしているが、廊下を歩いている間、何度か彼女のほうを盗み見ているのを、百合根は見逃さなかった。だが、壕元を責めることはできない。たいていの男は、翠とその服装が気になって仕方がないはずだ。

ベテランでダンディーな市川のほうが、ずっと粋《いき》な対応だった。彼も翠のことが気になっているはずだが、それをおくびにも出さなかった。

小さな会議室らしいところに案内された。どこの所轄署に行っても感じるのだが、そこも大学の体育会の部室のような臭いがした。

百合根たち一行を待ち受けていたのは、二人の刑事だけではなかった。民事裁判の際に公開された書類やそのコピーが山となって積まれていた。すでに机の上に個人用の資料が配付されていた。事件の概略を説明する文書だ。新聞記事のコピーまである。医療訴訟の裁判に関する記事だった。決して大きな記事ではない。ＳＪＳという目新しい症状が問題にされたということで取り上げられたようだ。

通常なら小さな医療訴訟は、新聞記事にはならない。分厚い資料は、おそらく医療訴訟の裁判記録だろう。

「さて、どこから始めますかな……」

市川は、上品な口調で言った。彼は警察官らしく紺色の背広を着ているが、その着こなしは細部まで神経が行き届いている。ズボンの裾の折り返しは、おそらくきっちり三センチだろう。三つボタンの上二つだけを止めている。紺色と金色の縞《しま》のレジメンタルタイで、ワイシャツは白だが、オクスフォード地のボタンダウンだ。伝統的なアイビーリーガーのルールをきちんと守っている。

一方、壕元の茶色の背広はしわだらけだった。ワイシャツは明らかに化繊の安物で、洗濯が必要だった。ネクタイの結び目には手あかがついている。臙脂《えんじ》のネクタイだが、その部分だけは黒くなっていた。

「そちらの自己紹介は終わったが、こっちがまだ済んでない」

菊川が言った。

市川は優雅にうなずいた。

「そうですな。お願いします」

菊川は自己紹介すると、次に百合根を紹介した。

「こちらが、ＳＴの班長の百合根友久警部」

菊川がそう言ったとたん、市川と壕元は驚いた表情になった。

当然だと百合根は思った。おそらく、彼らは百合根が自分たちより下の階級だと思っていたに違いない。特に壕元の驚き方はすごかった。

巡査長という階級は、正式な法制上の階級ではない。巡査と巡査部長の格差があまりに大きいので、いくつになっても巡査でいる警察官がいる。それで、便宜上巡査長という階級を作り、比較的高年齢で巡査のままの警察官に割り当てるのだ。巡査長から見ると、警部というのは雲の上の存在だ。

「じゃあ、百合根班長からSTのメンバーの紹介を……」

菊川にそううながされて、百合根は、メンバーの名前と担当だけを紹介した。

補足するように菊川が言った。

「ちなみに、法医学担当の赤城は、今回の被害者についての医療訴訟で、鑑定医を担当しました。今回の裁判では複数の医師によりカンファレンス制を採用し、赤城は三人の鑑定医の一人でした」

「鑑定医？」

市川が不思議そうな顔で言った。

菊川はうなずいた。

「そう。赤城は、医師免許を持った、れっきとした医者です」

「STさんの噂は聞いていました」市川が言った。「科警研からそれぞれ専門分野のエキスパートを集めて組織されたんですね。これまで、いろいろな捜査で実績を上げられたとか……。しかし、本物のお医者さんまでいるとは思わなかった」

「医者どころか……」菊川が言った。「本物の坊さんもいます」

市川と壕元が同時に山吹を見た。市川が言った。

「冗談でしょう?」

百合根がこたえた。

「いや、本当にその山吹は、曹洞宗の僧籍を持っています。実家が寺なんです」

市川は狐につままれたような顔をしている。壕元はうさんくさげに赤城と山吹を交互に見ている。それから壕元は、口元を手で隠して市川にそっと何かをささやいた。何を言ったのかわからない。とたんに、翠が言った。

「AV女優や風俗嬢が警察で働いているわけないでしょう」

壕元は、感電したような反応を見せた。市川もぽかんと翠を見ている。

百合根は、言った。

「ああ、言い忘れましたが、結城はものすごく耳がいいので、ご注意ください」

市川と壕元は、信じられないものを見るように翠を見つめた。壕元は、目をそらす直前、翠の胸元の谷間に視線を走らせた。

「さあ、そろそろ本題に入ろう」

菊川が不機嫌そうに言った。

「そうですな……」市川が小さく咳払いをしてから手もとの資料を開いた。「では、簡単に経過説明をしましょう」


医療訴訟の民事裁判が終わったのが四月の末。患者の遺族は、すぐに刑事告訴の手続きを取ったという。かつては、民事訴訟で結果が出れば敗訴でも原告はあきらめたものだ。だが、近年医療ミスの問題がクローズアップされて、被害にあった患者やその遺族を支援する団体もさかんに活動している。

今回もおそらくそういう風潮を反映しているのだろうと百合根は思った。

実際に医療ミスが刑事事件になり、医者が逮捕される例もあった。

だが、今回はどうだろう。

市川の説明は通り一遍のものだった。今ひとつやる気になれずにいるという印象を受けた。百合根は、できるだけ先入観を持たずに報告を聞こうと努めた。

被害にあった患者の名前は武藤嘉和。ＯＡ機器のメーカーで営業課長を務める三十六歳の男性だ。訴えたのは、妻の武藤真紀、三十四歳。

事の起こりは二月の始めだ。

武藤嘉和が体の不調を訴えて、京和大学病院で診察を受けた。担当医の名前は、平戸憲弘《のりひろ》。三十五歳で大学医学部の講師という肩書きだった。最初に診察を受けたときに、医師はインフルエンザと診断。セフカペン・ピボキシル百ミリ錠剤と、ジクロフェナクナトリウム剤を処方した。これは、以前山吹が説明してくれた、抗生剤と消炎解熱剤だ。

三日後に再診。そのときには、発疹が認められた。薬物アレルギーの可能性を考慮し、医師は、抗生剤の処方を中止し、発熱したときのために、ジクロフェナクナトリウム剤を、ビタミンB群とともに処方した。そして、皮膚科の予約を取った。予約は二日後だった。だが、皮膚科の診察を待たずに症状が悪化。武藤嘉和は救急車で病院に運ばれた。集中治療室で治療を受けたが、武藤嘉和は、ＴＥＮを発症しており、その日の明け方近くに意識を失った。

病院は、その段階で家族を呼んだ。さらに治療につとめたが、武藤嘉和は同日の午後二時四十三分に死亡した。直接の死因は、肺炎だが、ＴＥＮによる多臓器不全も認められた。

その経過を見る限り、病院の落ち度はないように思える。

だが、先日青山が言ったことが気になっていた。

「赤城さんが、あれだけ入れ込んでいるのは、何かに気づいたからかもしれないよ」

青山はそう言ったのだ。百合根は青山の洞察力には一目も二目も置いていた。彼の人間に対する洞察力で解決に導かれた事件は少なくない。

市川が意見と質問を求めた。

百合根は言った。

「病院側の対応が正しかったかどうか。それをこれから捜査しなければならないわけですね」

それを聞いた壕元が言った。

「失礼ですが、百合根班長はキャリア組ですか？」

百合根は、まるで知られたくない過去の悪事を指摘されたような気分になった。

「そうです」

「現場はあまり経験されていないのではないですか」

それは皮肉な口調だった。そして多分に挑発的だった。百合根はこの手の反応に慣れっこだった。若いキャリア組の警部と聞くだけで反感をむき出しにする刑事は多い。おそらくこの壕元もそうなのだ。この年で巡査長ということは、あまり出世と縁がなさそうにも思える。

「たしかにあなたより現場の経験は少ないと思います」

「ハコ番の経験もないのでしょうね」

「ありません」

市川がちょっと顔をしかめて、壕元をたしなめた。

「そんなことは、今関係ないだろう」

壕元は、ひるまずに言った。

「今回の捜査についてはっきりさせておきたいだけですよ。いいですか？　この件はすでに結論は出ている。公判を維持できるだけの資料を揃えればいいんです。遺族と病院側の証言を取るだけでいい」

「医師の業務上過失致死の容疑を固めなくてもいいと言うのですか？」

「極端に言うとそういうことです。それも警察の仕事なんです」

巡査長が警部に警察の仕事について指導するとは恐れ入った。だが、彼の気持ちもわからないではない。

徹底した現場主義なのだ。現場で培《つちか》ったものしか信じない。それもひとつのやり方だと、百合根は考えていた。

彼は、遺族の刑事告訴そのものが間違っていると考えているのだ。

「医療関連の事件は慎重に捜査しなければなりません」百合根は言った。「最近は世間の眼が医療に向いている。適正に医療行為が行われているかどうかに注目が集まっているのです」

「所轄署は山ほど事件を抱えているんです」塚元はどんぐり眼を見開いて百合根を睨みつけた。「凶悪事件がどんどん起きる。インフルエンザで病院にかかり、たまたま運が悪くて死んだやつのことまで、警察は面倒を見切れません」

百合根は、反論しようとした。だが、それよりも早く、赤城が言った。

「その、たまたま運が悪くて死んだやつが、あんた自身だったらどう思う？」

「何だって？」

塚元は赤城を見た。

「そして、たまたま運が悪くて死んだやつが、あんたの配偶者だったり子供だったりしたらどうだ？」

「仮定の話をしてもしかたがない」

「あんたの肉親が同じ目にあったらどう感じるかと言ってるんだ」

壕元は、口ごもった。

「そんな話をしているんじゃない……」

追い打ちをかけるように、赤城が言った。

「いや、そういう話だ。病院の犯罪を見過ごしていると、被害にあう患者が後を絶たない。いつ、あんた自身が被害にあうかわからない。あんたが、凶悪犯罪にあって死ぬ確率はそれほど高くはない。だが、医療ミスで殺される確率はかなり高い。それを病院に改めさせるために、こういう捜査が必要なんだ」

赤城は、病院側に非があると決めてかかっているような気がする。それが、百合根は気になった。

「あんた、医者だろう」壕元は、言った。「なら、そういう問題は医者同士で解決してほしいね」

「医者同士では決して解決できない。だから司法の眼が必要なんだ」

「もういい」菊川が耐えかねたように言った。「どっちにしても、捜査に予断は禁物だ。それが原則だ。いかなる先入観も排除する。病院がシロだとかクロだとか、決めてかかるのはよせ。いいな」

ようやく壕元が矛を収めた。どうやら彼は、無類の負けず嫌いのようだ。

百合根は早く話題を変えたくて、赤城に質問した。

「被害者を担当したのは、医学部の講師だとありますが、これはどの程度の立場の人なのです？」

「若い医者や研修医の指導的立場にある。警察で言えば、巡査部長か警部補といったところだ」

「では、その指導的立場の医者が担当したのですね。ならば、判断に間違いはなかったのではないですか？」

赤城は、複雑な表情になった。何かを苦慮している様子だ。それほど難しい質問だったろうかと、百合根は逆にうろたえた。

やがて、赤城は言った。

「講師クラスだって判断ミスをすることはある。だが、大学病院というところは、いろいろと複雑なカラクリがある」

「それはどういうことです？」

「いや、今はまだ詳しい話はできない。菊川のダンナが言うように、先入観を植え付けることになるかもしれないからな」

「医者の判断ミスくらいじゃ、とても業務上過失致死は成立しない」壕元が言った。

「そんなことをしたら、日本中で何人の医者が捕まっちまうかわからない」

「ミス自体は罪じゃない」赤城が言った。「そのミスの質と、ミスがなぜ起きたかが問題なんだ」

また二人が議論を始めそうだった。

割って入ったのは市川だった。

「ゴウやん。そのへんにしておけ。菊川さんの言うとおりだ。捜査に先入観を持っちゃいかん」

その一言でその場は収まった。

「さて、聞き込みだが……」続けて市川が言った。「私らが病院へ行って聞き込みをするより、STさんたちが行ったほうがいいだろう。私らは遺族のほうを回るよ」

「いや。病院へ行くときはみんなで行ったほうがいい」赤城が言った。「大学病院というところは、巨大で複雑怪奇だ。そして、まず病院に行く前に、遺族の話を聞いておくべきだと思う。医者の俺が直接話を聞きたい」

市川はうなずいた。

「専門家がそう言うのなら……」

手始めに百合根たちSTが、訴えを起こした遺族に事情を聞くことになった。

百合根は、青山がおとなしくしているだろうかと不安になった。

そっと青山の様子をうかがうと、青山はまったく関心のない様子で、何かを眺めていた。

その視線の先を追うと、部屋の隅に乱雑に積み上げられた書類の山があった。

4

廊下に出ると、百合根は後ろから肩を押さえられた。

振り向くと黒崎だった。

「言っておきたいことがある」

無口な黒崎が、話しかけてくるのはきわめて珍しいことだった。

「何です？」

「京和大学医学部だ」

「これから、僕たちが行くところですよね」

「赤城は、京和大学医学部出身だ」

「え……」

黒崎はそれだけ言うと、百合根の脇をすり抜けて先に歩き去った。

百合根は、しばしその場にたたずんでいた。赤城が京和大学医学部の出身……。

どうして赤城はそれを黙っていたのだろう。上司である百合根が当然知っていると考えていたのだろうか。たしかに、知っていなければならなかったことかもしれない。赤城の人事ファイルはいつでも閲覧できる。一度は見たことがあった。だが、百合根は覚えていなかった。京和大学と聞いて思い出しもしなかったのだ。上司としてうかつだった。

黒崎が指摘してくれなければ、ずっと思い出せずにいたかもしれない。出身大学の医学部ともなれば、知っている人物も何人かいるだろう。それが、捜査に支障をきたすだろうか。

百合根は考え込んだ。

赤城を捜査から外すべきだろうか。だが、医者である赤城を外したら、STがこの捜査に関わる意味がなくなる。百合根は悩みながら、廊下を歩きはじめた。早急に判断を下さなければならない。だが、どうしていいかわからなかった。自分の判断力のなさに、また嫌気がさしてきた。

*

被害者の自宅は、品川署から車で十分ほどだという。百合根と菊川、そして赤城が行くことになった。

「僕も行ってもいい？」

突然青山がそう言ったので、百合根は驚いた。

「行ってもおもしろいことはありませんよ」

「失礼だな。聞き込みに行くんだから、そんなことはわかってるよ。遺族の心理的な面を観察しておく必要があるんじゃない？」

「それはたしかにそうですね……」

百合根がそう言うと、赤城がぴしゃりと言った。

「俺たちの邪魔はするなよ」

結局、青山を加えることにした。捜査に回せる車はないと、市川が言うので、百合根は自腹でタクシーを使った。ＳＴの捜査費用も限られている。今回は、捜査本部ができたわけではないので、特別な捜査費用が割り当てられていない。

被害者宅は、まだ新しいマンションだった。品川あたりの海浜地区は、このところ驚くほどのスピードで開発が進んでいる。かつては倉庫が並んでいただけの一帯に、放送局が引っ越してきたり、若者向けのショッピングビルや、劇場ができたりしている。そして、新築マンションも増えつつある。被害者宅は、そうしたマンションのひとつのようだ。

オートロックのドアの前に、テンキーとモニター用のカメラがあった。七〇一と入力すると、インターホンから女性の声で返事があった。

「武藤さんですか？」

菊川が尋ねた。

「そうですが」

「警察の者です」

菊川は、モニターカメラに向かって、警察バッジを掲げて見せた。

ロックが解除される音がした。菊川がドアを開け、四人はエレベーターホールに向かった。七〇一号室のドアチャイムを鳴らすと、即座にドアが開き、ショートカットの女性が顔を覗かせた。

「担当の医者を逮捕できるのですか？」

突然、彼女は言った。

菊川がなだめるように言った。

「まずは、詳しくお話をうかがわないと……」

「知っていることは何でも話します。なんとか医者を逮捕してください」

「武藤真紀さんですね？」菊川が言った。「詳しい状況をお聞かせいただきたいのですが」

武藤真紀は、ようやく自分の不作法さに気づいたように言った。

「どうぞ、上がってください」

部屋の中は、何もかもがまだ新しく感じられた。新しい家具の木の匂いがしている。壁もまだ白い。フローリングの床にも傷が見当たらなかった。

そして、かすかに線香の匂いがした。

それに気づいたのだろう。菊川が言った。

「仏さんに線香を上げさせてもらえますか」

その一言が、武藤真紀を落ち着かせたようだった。

「どうぞ、お願いします」

四人は、仏壇が置かれている和室に案内された。このマンションの部屋に仏壇は似つかわしくなかった。仏壇はタンスの横に、窮屈そうに置かれている。写真が掲げられていた。武藤嘉和の写真だ。彼だけのためにこの仏壇を買ってきたのだろう。

菊川が線香を上げて手を合わせると、青山がそっと百合根に言った。

「山吹さんも連れてくればよかったかな？」

「しっ……」

線香を上げ終わると、武藤真紀は四人をリビングルームに案内した。ゆったりした柔らかい革張りのソファがあった。リビングルームの大半をその応接セットが占めている。武藤真紀は、人数分の紅茶を用意してくれた。

彼女が一人掛けのソファに座った。

そのソファと直角に置かれている二人掛けのソファに菊川と百合根が座った。武藤真紀に一番近いのが菊川だった。さらに二人掛けのソファがそれと直角に置かれている。つまり、低いテーブルを挟んで真紀がいる一人掛けの向かい側になる。そこに赤城と青山が並んで腰かけた。

菊川が紅茶に手を付けずに尋ねた。

「どういう経緯だったのか、最初からお聞かせください」

武藤真紀は、背筋をまっすぐに伸ばし膝で手を組んでいた。毅然《きぜん》として見える。表情もいかにも気丈そうに見えた。

「二月四日のことです。朝起きると、主人が風邪を引いたらしいと言ったのです。おそらくインフルエンザだったと思います。熱があったし、その頃ものすごくはやっていましたから……」

百合根は、ルーズリーフのノートを開いてメモを取っていた。

「その日は忙しくて病院に行けなかったと言っていました。会社から帰ると、すぐに市販の薬を飲んで寝ました。翌朝、さらに熱が高くなり、九度を超えていたので、会社を休み、病院へ行ったのです」

「京和大学病院ですね」

「そうです。ここからそれほど遠くないし、どうせなら大きな病院がいいと、主人は考えたのでしょう。でも、それが間違いのもとでした」

「その日、病院から戻られたときの様子はどうでした？」

「ちょっとぐったりしていました。午前中に出かけていって、戻ってきたのは一時過ぎです。あたしに相談すれば、大学病院なんて行かせなかったのに……」

「なぜです？」

「大学病院が、インフルエンザなんかを本気で診てくれるはずがありません。紹介状も無かったし……」

「紹介状……？」

「まず町の医院に掛かるべきだったんです。そこで異常があれば、紹介状をもらえました。そうしたら、少しは本気で診てもらえたはずです」

それは思い込みだろう。百合根はそう思った。紹介状があろうがなかろうが、また、症状が何であろうが、ちゃんと診察して治療をしてくれるはずだ。

だが、何も言わずにいた。

聞き込みでやってはいけないことのひとつは、相手と議論してしまうことだ。しゃべらせるために相手を挑発するのはいい。だが、議論したり、相手の考えを正そうとするのはよくない。

菊川はさすがにその点を心得ていた。彼は、無言で話の先をうながした。

「主人が大学病院を選んだのは、以前に薬物アレルギーが出たことがあったせいもあると思います」

「薬物アレルギーですか？」

菊川は、赤城のほうを見た。それにつられて百合根も赤城を見ていた。

赤城は腕を組んでじっと話を聞いていた。菊川が質問をうながしている様子なので、赤城は言った。

「どんなアレルギーでした？」

「赤いぽつぽつができたのです。痒いと言っていました」

「どこにできたのですか？」

「腕の内側とか、腿の内側とか……。皮膚の柔らかいところだったと思います」

「どんな薬を飲みましたか？」

「風邪をひいたときに病院で処方された薬だと言ってました」

「薬の名前はわかりませんか？」

「わかりません」

「その後、アレルギーで診察を受けましたか？」

「受けなかったと思います。症状はすぐに治まったみたいですから……。主人は病院嫌いでしたし、とにかく仕事が忙しかったんです」

「今回、風邪をひいて、以前かかった病院に行かなかったのはなぜです？」

「その病院は主人の会社のそばにあったのです。主人の会社は赤坂にあります。今回、主人は自宅から病院に行きました」

赤城はうなずいた。そして、また腕を組んで黙り込んだ。菊川が、質問を再開した。

「ご主人は、京和大学病院から戻られて、処方された薬を飲んだのですね」

「そうです」

「それ以外の薬は飲んでいませんね？」

「飲んでいません」

武藤真紀は、きっぱりと言った。

「その後、何が起きました？」

「その日は、夜中に汗をかいて何度も着ているものを取り替えました。次の日、朝起きると、口と咽に水ぶくれのようなものができていると言っていました。さらに、その翌日顔に赤いぽつぽつができていました。アレルギーがあったので、主人は薬の服用を中止しました」

「すぐに病院に行きましたか？」

「その次の日に再診の予約を入れているので、その日まで我慢すると言っていました。そして、診察の日、つまり二月八日になると、発疹はさらにひどくなり、顔がむくんだようになっていました。その日、診察を受けて、帰ってきたのが、午前十一時過ぎです。いったん熱は下がったようですが、夕食のときに、蛍光灯が暗いと言いだしたんです。眼が見えにくくなっていたのでしょう。そして、そのときには、顔の皮がむけはじめていました。明らかにスティーブンス・ジョンソン症候群の症状です」

赤城は、その言葉に反応した。わずかに顔を上げて武藤真紀の顔を見つめたのだ。

だが、赤城は何も言わなかった。そして、そんな赤城を青山が見つめていた。

武藤真紀は、二人には気づかない様子だった。膝の上で組んだ彼女の手に力がこもっていた。

「二日後に皮膚科の予約を入れていると言っていましたが、あたしはすぐに病院に行ったほうがいいと思いました。でも、主人は病院からもらった薬をまた飲んで蒲団に入ったのです。その夜、また熱が出ました。発疹がほぼ全身に広がり、腕や胸の皮もむけてきたので、ついに病院に行くことにしました。あたしは救急車を呼びました」

「運ばれたのは、京和大学病院ですね？」

「そうです」

「付き添われたのですか？」

「いいえ。一歳の息子がおりますから……。主人は、息子を見ていてくれと言いました。あたしはその言葉に従いました。そして、明け方近くに病院からすぐ来るようにと連絡を受けたのです。主人が意識を失ったから、と……。あたしは息子を連れて病院に行きました。そして、病院から主人の田舎に電話しました。主人は、山梨の出身で実家に義母《はは》がおります。その日のうちに義母が駆けつけました。でも、同日の午後に主人は……」

「お亡くなりになった……」

菊川が重々しい口調で言った。

武藤真紀は、感情を高ぶらせつつあった。眼が赤くなり、涙が浮かんだ。だが、その涙をさっとぬぐうと、彼女は言った。

「そうです。主人は京和病院に行き、そこで診察を受け、救急車で京和病院に運ばれ、死んだのです。あたしは、信じられませんでした。なかなか主人の死を受け容れることができませんでした。今でも、信じられない思いです。つい、食事を二人分用意してしまうんです」

こういう話は聞いていてつらかった。だが、話してもらったほうがいい。話すだけで心の傷が癒《い》えていくということもある。いつか、青山がそのようなことを言っていた。特に、女性は人に話すことで心理的なストレスを軽減することができるそうだ。

「あたしが、一番残念なのは、主人が死ぬまで一度も優しい言葉や励ましの言葉をかけてやることができなかったことです。あたしは、子育てで疲れ果てていました。主人のことまで気が回らなかったんです」

「わかります」菊川が言った。「夫婦なんてそんなものです」

「主人は、インフルエンザで死んだんですよ。これがもっと重い病気ならばあきらめもつきます。いえ、インフルエンザだから死んだのだとも言えます」

「どういうことです？」

「これがもっと重い病気なら、京和大学病院の医者も本気で治療したと思います。そして、主人の最大の過ちは、インフルエンザなんかで大学病院にかかったことです」

赤城が低く静かな声で言った。

「ご主人が最初に診察を受けられて、お亡くなりになるまでの間に、京和大学病院の医者からスティーブンス・ジョンソン症候群の説明を受けましたか？」

「いいえ」武藤真紀は、はっきりと否定した。「一度もありません。その言葉すら聞かされませんでした」

「民事裁判をするにあたり、地裁が証拠保全をしたはずだ。カルテにもその記載はなかったのですか？」

「カルテにはありました。しかし、それはあとで書き加えられたもののように見えました。カルテの端にSJSと書かれていましたが、場所が不自然だったし、その三文字だけが妙に丁寧に書かれているようでした」

「カルテの改ざんがあったと……？」

「あたしはそう思っています。でも、裁判では認められませんでした」

「あなたは、さきほど、顔に発疹ができ、皮がむけ、視力障害が起きたのを、明らかにスティーブンス・ジョンソン症候群の症状だと言った。どうしてそれをご存じなのですか？」

「それは……」武藤真紀は、一瞬だけ間を置いた。「民事訴訟でいろいろ勉強しましたから……」

「では、ご主人がお亡くなりになった時点では、スティーブンス・ジョンソン症候群のことはご存じなかったわけだ」

「知りませんでした」

「ご主人の症状は、ＳＪＳというより、正式にはＴＥＮです」

「知っています。中毒性表皮壊死症ですね」

赤城はうなずいた。

「民事訴訟を起こしたが、病院の落ち度は認められなかった」菊川が言った。「それでもまだ病院を訴えるというわけですね」

「これは、わが家だけの問題ではありません。医療の問題点をなんとかみんなにわかってもらいたいのです。こういう問題を放置しておくと、また主人と同じ犠牲者が出ます」

菊川はうなずいた。

「わかりました」

菊川が百合根のほうを見た。何か質問はあるかという意味だ。百合根は首を横に振った。菊川が立ち上がろうとしたとき、武藤真紀が呼び止めた。

「あの……」

「何です?」

彼女は、しばし言いよどんでいたが、やがて言った。

「京和病院の非は刑事裁判で認められるでしょうか」

「それは、私たちにはわかりません」

「刑事告訴などしてよかったのでしょうか……」

「さあ、それも私どもには何とも……」

武藤真紀は、弱々しくうなずいた。毅然として話し続けていた彼女とは一瞬別人のようになった。だが、すぐに彼女はもとに戻り、百合根たちを送り出した。

*

マンションを出ると、百合根は今し方の武藤真紀の話の内容について考えを巡らせていた。

市川が説明してくれた事柄と、矛盾する点はないように思われた。ということは、刑事裁判でも病院の責任は問えないということになるのではないだろうか。

民事裁判と刑事裁判で判決の内容が異なることがある。だが、多くの場合、刑事裁判ではシロでも民事で責任を問われるのだ。

菊川が誰に訊くともなく言った。

「どう思う？」

誰も何も言わないので、百合根はあわててこたえた。

「病院に落ち度があるとは思えませんね」

菊川は赤城に尋ねた。

「紹介状がないと大学病院で診察が受けにくいっていうのは本当のことなのか？」

「本当だ」

「なぜだ？　紹介状があろうがなかろうが、病人は病人だろう」

「特定機能病院の指定に関係している」

「何だ、それは」

「厚生労働省が、高度な医療を担う病院として指定する。特定機能病院の指定を受けると、診療報酬でかなりの優遇措置がある。全国七十八の大学病院と東京の国立がんセンター、大阪の国立循環器病センター、大阪府立成人病センターが指定を受けている」

「それと、紹介状とどういう関係がある？」

「指定を受けるには、いくつか条件がある。そのうちの一つが患者紹介率だ。患者紹介率が三十パーセント以上というのが条件の一つだ」

「インフルエンザの患者の面倒一つみられないで、何が高度な医療だ」

菊川が吐き捨てるようにいうと、赤城はさらに不機嫌な声で言った。

「大学病院というのは、患者の治療だけでなく、最先端の医療の研究という責任を負わされている」

「最先端の医療って何なんだ？　患者をないがしろにするのは、医者のやることじゃねえ」

「俺もそう思う。大学病院は、病気を診ているが、患者を診ていない」

菊川はうなった。

「あのさ……」青山が言った。「なんか不自然だったよね」

菊川は、今の特定機能病院の話が気に入らなかったのか、噛みつくように言った。

「何がだ？」

「あの奥さんの態度」

「どういうふうに不自然だったんだ？」

菊川は苛立っていた。

「質問されたことに、すらすらと正確にこたえていた。まるで、質問されることをあらかじめ予想していたように……」

「そりゃ、民事裁判をやったんだし、たいていのことは頭に入っているだろう」

「でも、個人的なことになると、妙に迷ったり考え込んだりしていた」

百合根は、思い出していた。たしかに、ご主人を失った悲しみを語るときと、事実関係を語るときは、態度が異なっていたような気がする。帰り際には、まるで刑事告訴したことを後悔するような言い方までした。

「まだ動揺しているんだろう」

菊川はそっけなく言った。

「そうかもね。でも、僕は、別の可能性があると感じた」

「どんな可能性だ？」

「背後に誰かいる可能性」

「何だそれは……」

「誰かが告訴するように、彼女を説得したような場合だよ」

「そいつは、理屈に合わねえな。民事訴訟ならわかる。勝てば多額の賠償金が入る。それを目当てに誰かがそそのかしたということもあり得る。だが、こいつは刑事告訴だ。よしんば医者が逮捕されたって、一銭にもならねえ」

青山は、小さく肩をすくめた。

百合根も菊川に分があるように思えた。

「そうかもね」青山は言った。「ただ、僕はそう感じただけだよ」

5

携帯で市川と連絡を取り、京和大学病院へ向かうことになった。いったん、品川署に戻るつもりでいたが、市川は病院で待ち合わせをしようと言った。

京和大学病院は、品川署から歩いて五分ほどのところにあった。こんなに近くだったのかと、百合根はちょっと驚いた。新しい近代的なビルだった。病院というよりホテルか高級マンションを思わせる。エントランスも、広々としていた。ガラス張りで、中のホールもおそろしく広い。そのカウンターに銀行のATMのような機械が並んでいる。どうやら、それは治療を受けるまでの手続きを案内したり、予約を取ったりする機械のようだ。

患者たちは、その機械にカードを入れ、モニターに指を触れて何やら手続きしている。銀行でさえ戸惑うお年寄りがいるというのに、あの機械で迷ったりしないのだろうか。百合根はふと思った。病院にやってくるのは、どう考えてもお年寄りが多いのだ。

その向こうには巨大なカウンターが控えていた。カウンターの前にはおびただしい数の椅子が並んでいる。まるで、劇場のようだ。カウンターの中では制服を着た事務員たちが無表情に立ち働いている。その様子も病院というより、銀行を思わせた。ただ、銀行と違うのは、事務員たちがずいぶんと無愛想だということだ。百合根は彼らの雰囲気が何かに似ていると思った。

ややあって思い出した。外務省など、役所の窓口だ。国の役所の窓口の雰囲気に似ている。おそろしく官僚主義的な臭いがした。

「さて、まずどこから行きますか……」

市川が言った。

「まずは、担当医に会うことですね」

百合根がこたえた。すると、赤城が言った。

「医者が嘘を言う恐れがある。黒崎と翠を連れて行ってくれ」

市川が怪訝そうな顔をした。

「どういうことです？」

黒崎と翠の組み合わせは、人間嘘発見器と百合根たちは呼んでいる。

人間は嘘をつくときに、心拍数に変化が生じたり、発汗作用がある。旧来型の嘘発見器は、そうした人体の変化を電気的に検出するものだ。新しいタイプの嘘発見器は、心拍数の変化などをコンピュータで解析してパターンを計算し、精度を上げている。

翠の聴覚は、人の鼓動の変化を聞き取り、黒崎の嗅覚は汗の臭いやアドレナリンなどの微量な興奮物質を嗅ぎ分ける。もちろん、証拠能力はないが、誰がいつどんな発言で嘘をついたのか、かなりの確率で知ることができる。

だが、それを市川に説明するのは難しかった。

「えー、彼らは嘘を見抜く特別な訓練をしておりまして……」

「それなら、刑事だって同じことだ」壕元が挑戦的に言った。「刑事はな、そのために経験を積んでいるんだよ」

赤城は、あっさりと壕元を無視した。

「俺は、菊川のダンナといっしょに初診受付や内科の受付を回って、被害者の足取りを追ってみる」

百合根は、赤城の態度を不思議に思った。

「どうしてです？　医者と話をするなら、あなたがいてくれたほうが便利ですよ」

赤城は渋い顔をした。

「ならば、山吹も連れて行け。山吹ほどの薬学の知識があれば、たいていのことはわかる」

赤城の態度は、それ以上の反論を許さなかった。やはり、京和大学医学部出身ということが問題なのだろうか。当然、赤城はこの病院の医者の多くと知り合いのはずだ。知り合いの医者を尋問したくはないのかもしれない。

結局、赤城と菊川に壕元が加わり、二手に分かれて聞き込みをすることになった。

百合根は釈然としないまま、受付カウンターに近づいた。

「案内」と書かれた窓口がある。市川がそこで受付嬢に言った。

「平戸憲弘という先生にお会いしたいんだが……」

「診察なら、初診受付に行って紹介状をお渡しください」

やはり無愛想だった。

「いや、そうじゃなくて、お話をお聞きしたいんだがね……」

市川は、警察バッジを取りだして見せた。制服姿の受付嬢は、怪訝そうな顔でそのバッジを見た。一般にはまだ警察手帳のほうが馴染みがあるのだ。

「ああ、警察の方ですか？」受付嬢は、それでも無愛想なままだった。「お約束ですか？」

「いや、約束はないんだが……」

警察官の聞き込みでいちいち面会の予約を取ることは滅多にない。突然訪ねるから効果があるのだ。

「ならば、お会いできるかどうかわかりませんよ」

「とにかく、取り次いでいただけませんか」

受付嬢は、ひどく面倒くさげな顔になり、ようやく内線の受話器に手を伸ばした。

やがて、受話器を置くと彼女は言った。

「内科診察室の五番に行ってください」

市川が尋ねた。

「内科診察室ってのは、どこですか？」

受付嬢は、小さな病院内の案内図のコピーを取り出し、それに赤のサインペンで経路をなぞり、差し出した。

「そこのエスカレーターを上がった二階です」

終始表情が変わらなかった。

翠がエスカレーターに向かいながら小声で百合根に言った。

「あの仏頂面を見ているだけで、病気が悪くなりそうね……」

百合根はうなずいた。

「たしかに、ここ、患者を癒すという雰囲気じゃありませんね」

「癒されなければならないのは……」山吹が言った。「むしろここの職員たちですな」

翠がけだるげに言った。

「連中にそう言ってやればいいわ」

患者が大勢待っている廊下の前を通り、内科診察室のカーテンをくぐった。カーテンの向こうは短い廊下になっており、その両脇に引き戸が並んでいる。大きく5と書かれた診察室を、市川がノックした。

「どうぞ」という男の声が聞こえた。

眼鏡をかけた温厚そうな医者が椅子に腰かけて、百合根たち一行を迎えた。そばに看護師が立っていたが、その医者が、席を外すように言った。看護師は百合根たちが入ったのとは別の戸口から出ていった。

温厚そうな眼鏡の医者は、驚いた様子だった。無理もないと百合根は思った。五人もの警察関係者が訪ねてきたのだ。

黒崎は、長い髪を頭の後ろでたばねている。翠は例によって胸と太ももを強調した挑発的服装だ。山吹は坊主刈り。彼ら三人は警察のイメージとは程遠い。

「平戸憲弘さんですね」

平戸は穏やかにうなずいた。

「そうです。TENで死んだ患者の件ですね」

やはり患者の名前を言わず、病名を言った。百合根はそう思った。

平戸は、痩せているが、ぎすぎすとした感じがない。穏やかな印象がある。どこか人間味を感じるが、やはり大学病院の医者は、患者の個人名ではなく、病名のほうが記憶にあるのだ。

警察では、個人名を大切にする。犯罪捜査では、個人の名前というのが大きな要素になる。だから、たいていの刑事は事件に関わった人間をその属性だけではなく、個人名で把握している。医者もそうあるべきだと百合根は思った。同じ病気でも個人によって症状は違うだろう。抵抗力や体質は千差万別のはずだ。だが、この病院の様子を見て、それが不可能なのかもしれないと思いはじめた。おそらく一人の医師が診察する患者の数は十や二十人ではきかないだろう。さらに、入院患者もかかえている。大学での講義もあるはずだ。

医師は椅子に腰掛け、百合根たち五人は立っていた。診察室には来客用の椅子などない。市川は立ったまま質問を始めた。

「武藤嘉和さんを担当されたのは、あなたですね」

平戸医師はうなずいた。

「そうです」

「武藤さんの病名は何でした?」

「最初に来院されたときは、インフルエンザでした」

「それであなたは、抗生剤と解熱剤を処方された。ええと、何という薬でしたっけ?」

「セフカペン・ピボキシル百ミリ錠剤と、ジクロフェナクナトリウム剤」

百合根は振り返り山吹の顔を見た。入手している情報と相違ないか確認したのだ。

山吹はうなずいた。市川は、質問を続けた。

「その処方に誤りはありませんでしたか?」

「その時点では問題なかったと思います。インフルエンザの患者に抗生剤と消炎解熱剤を投与するのは、どこの病院のどんな医者でもやっていることです」

百合根はそっと山吹の様子をうかがった。山吹は、半眼で平戸医師の話を聞いている。黒崎と翠にも特別な反応はない。

「武藤さんに薬物アレルギーがあることを知っていましたか?」

「はい」

「薬物アレルギーの人に、抗生剤と消炎解熱剤を処方したのは、正しかったと思いますか？」

「アレルギーの症状が出たら、薬の服用を中止するようにと指示しました」

「しかし、結果的にはその薬が原因で武藤さんは亡くなった」

「それは、病院内のカンファレンスや民事裁判でも明らかにされたことですが、SJSやTENの発症のメカニズムは、まだ明らかになっていないので、投薬については間違いとは言い切れないのです。どの薬で発症したか証明することができない。もしかしたら、自宅で服用した市販の風邪薬が原因かもしれないのです」

「武藤さんは、自宅で市販の風邪薬を飲んでいたのですか？」

「それは知りません。でも、風邪を引いたらまず市販の風邪薬を飲む。それはごく一般的なことでしょう。武藤さんも飲んでいたかもしれない」

「そういうことを質問しなかったのですか？」

「それは、初診担当の医師に訊いてください。少なくとも、カルテにはそういうことは記載されていませんでした」

「あなたは、いつ武藤さんがSJSだと気づきましたか？」

「正確に言うとSJSというより、TENです」

「いつTENだということに気づきましたか？」

「それは、民事裁判のときに言いましたよ」

「もう一度、あなたの口からお聞きしたいのです」

「救急車で運び込まれてからです」

「そのとき、あなたは病院にいらっしゃったのですか？」

「運び込まれたときはいませんでした。当直医から連絡を受けて駆けつけたのです」

「それは何時頃ですか？」

「そうですね。夜中の一時頃だったと思います」

「それからあなたはどうされましたか？」

「治療しましたよ」

「どんな治療を……？」

「患者は、息が苦しいと言って意識を失いました。酸素飽和度が低下していたので、酸素吸入をしましたが、改善せず、挿管しました。チューブを気道に差し込み、人工呼吸に切り替えたのです。しかし、肺と気管支の組織そのものが侵食されており、患者は意識を取り戻さずそのまま死に至りました」

「それはTENの治療としては適切なものでしたか？」

「いまだにTENの適切な治療法というのはないのです。どんな薬物でアレルギーを起こすかわからないので、へたに薬を投与すると、症状が悪化する恐れがある。私たちは経過を見守るしかありませんでした」

突然、看護師が出て行った戸口のドアが開いて、初老の太った男が診察室に入ってきた。白衣を着ている。とたんに、平戸は緊張した顔つきになって立ち上がった。それまで、百合根たちを立たせたまま平気で椅子に腰掛けていたのだ。

初老の太った白衣の男は、百合根たちを無視して平戸に厳しい口調で言った。

「何をしている？」

「警察の質問にこたえていました」

「そんな必要はない。君はそんなに暇なのか？」

「すいません」

そのやりとりに、市川が割り込んだ。

「失礼ですが、あなたは？」

「本当に失礼だな」その白衣の太った男は、市川を見た。相手を見下している眼だった。「私にものを尋ねられる立場だと思っているのか」

平戸があわてた様子で、代わりにこたえた。

「こちらは、内科主任教授の大越《おおごし》先生です」

「フルネームを教えてもらえますか?」

あくまでも大越はこたえようとしない。平戸が言った。

「大越隆太郎《りゅうたろう》先生です」

「それで、質問にこたえる必要がないというのはどういう意味です」

市川はあくまでも穏やかな口調で淡々と尋ねた。大越は、市川を無視して平戸に言った。

「回診をする。同行しなさい」

「はい。あ……、しかし、外来の患者が……」

「こんな連中とくだらんおしゃべりをする暇があるんだろう。いっしょに来るんだ」

「はい」

百合根は、大越の横柄な態度に、腹を立てるよりすっかり驚いていた。

市川が言った。

「待ってください。話はまだ終わっていません」

大越は、市川を見て言った。

「この病院で私の言いつけより優先することなどあり得ない」

「警察の捜査は別だと思いますがね……」

「任意の質問なんだろう。ならば、こたえる必要などない。広報に行ってくれ。話が聞きたければ、裁判所の令状を持ってこい。さあ、平戸、行くぞ」

完全に自分以外の人間を見下している。

平戸は、市川に小さく頭を下げると大越とともに出て行った。

百合根たち五人は診察室に取り残された。ややあって、若い医者が診察室にやってきた。百合根たちを見て、眼をしばたたき、言った。

「あれ、患者さんですか？」

「あなたは？」

市川が尋ねた。

「平戸先生のピンチヒッターですよ。小山《こやま》といいます」

「ピンチヒッター……？」

「えーと、カルテはどこだ……？」

小山と名乗った若い医師は、椅子にどっかと腰を下ろして机の上を探しはじめた。

まだ学生臭さが残っている。髪は刈りっぱなしといった感じで、前髪がほぼまっすぐに切りそろえられている。いわゆる坊ちゃん刈りという髪型に近い。

「私たちは、患者じゃないんです」

市川が言うと、小山はきょとんとした顔で市川を見た。それから、百合根、黒崎、山吹を順に見る。最後に、翠で視線がしばし止まった。

「患者じゃないって……」

市川は、警察バッジを出して見せた。

「警視庁品川署の市川といいます。平戸先生にお話をうかがっていたんです」

「ああ……」小山は、市川から一度眼をそらした。それから、あらためて市川を見て言った。「例の件ですね。患者の遺族が訴えた……」

「あなたは、よくこうやって平戸先生の代わりをなさるのですか？」

市川は、質問を始めた。平戸に話を聞けなくなったら、すぐに目先を変えて、小山に質問を始める。さすがだと百合根は思った。

「よく、ってわけじゃないですが……。たまに……。平戸先生は忙しいですからね。それに、主任教授のお気に入りだし……」

「大越先生ですね？」

「そうです」

「失礼ですが、あなたのフルネームをお教え願えますか？」

「小山省一《しょういち》です。研修医です」

おや、と百合根は思った。たいていの一般人は、警察官に氏名を尋ねられると、緊張を表情に出すものだ。何も悪いことをしていなくても、警察に名前を尋ねられるのは嫌なものだ。だが、小山省一は、平然とこたえた。さらに、訊かれもしないのに自分の肩書きを教えた。

だが、百合根はすぐに気づいた。病院というところは、警察と関わることが少なくない。事故で患者が運ばれても、事件で患者が運ばれても、変死体が運び込まれても警察が来る。小山は警察とのやり取りに慣れているのかもしれない。百合根はそう思った。

市川が質問を続けた。

「あなたは、武藤嘉和さんをご存じでしたか？」

「よくは知りません」

「よく知らないということは、少しは知っていたということですか？」

「面識はありましたよ」

「診察なさったのですか？」

「そういう質問にはこたえるなと言われています」

「そういう質問？」

「その……、つまり万が一裁判になったときに、法廷で不利になる可能性のある質問には……」

「誰に言われたのです？」

「あの……。そういう質問にもこたえづらいのですが……」

市川はうなずいた。

「けっこう。強制捜査になれば、嫌でもこたえてもらうことになりますからね」

「嫌だな……。まるで、僕が何かの容疑者のような言い方じゃないですか」

小山は苦笑を浮かべた。市川も、穏やかなほほえみを返した。

「誰が箝口令《かんこうれい》を敷いているのです？」

「箝口令だなんて、大げさですよ。この病院にも法務関係の職員がいますからね。医療訴訟なんかに備えて……」

「つまり、警察によけいなことをしゃべるなというのが、病院の方針というわけですか？」

「だから、そんな大げさなことじゃなくて……」

「ここだけの話……」市川が言った。

「警察には協力しておいたほうがいい。今後、何があるかわかりませんからね」

「型どおりの捜査なんでしょう?」小山は言った。「どうせ、不起訴になるんじゃないのですか?」

「誰がそんなことを言いました?」

「みんなそう言ってますよ」

「みんなというのは?」

「医局のみんなとか、職員とか……」

「根拠のない話ですね」

「でも、大越先生がそう言ってましたから……。大越先生の言うことなら確かだと、先生たちは言っています」

「刑事事件をなめてもらっちゃこまりますね」

「別になめちゃいませんけど、医療ミスで起訴されるなんて、よっぽどのことがないと……。そんなことをしたら、日本中、医者の逮捕者だらけになっちゃいますよ」

「そうなるべきだと思いますがね」

山吹が言った。小山は驚いたようにそちらを向いた。

た。

「何です？　お坊さんですか？」

「そう。いかにも、私は僧侶です」

「坊さんが病院をうろついていたら、ちょっとまずいんじゃないですか？」

これは、どうやら冗談のようだ。市川に追及されても、彼は冗談を言う余裕があるようだ。彼は本当に、誰も逮捕も起訴もされないと思っているのだろうか。それほど、大越という教授を信頼しているということなのかもしれないと、百合根は思った。

小山は、山吹に尋ねた。

「そうなるべきって、どういう意味です？」

「医者のモラルの問題ですね。患者を待合室で何時間も待たせ、そして、薬漬けにしてそれが当たり前だと思っている」

小山の印象がちょっと変わった。

「それは坊さんに言われる筋合いじゃないですね。坊さんこそ、宗教法人を隠れ蓑にして金儲けばかり考えているじゃないですか」

「なるほど、まあ、お互いさまというところですかな」

山吹は議論になりそうなところをうまくはぐらかした。だが、山吹の一言は意味がなかったわけではないと百合根は感じた。

小山の態度が一瞬明らかに変わったからだ。それまで、ぼんやりとしているくらいに落ち着いていたのに、山吹の一言には怒りをわずかににじませたのだ。

市川は、山吹の一言を潮時《しおどき》に、質問を切り上げることにしたようだ。

「またお会いすることになるかもしれません」

市川はそう言って、出口に向かった。

小山は、またもとの印象に戻っていた。小心そうで、世間知らずのお坊ちゃんという印象だ。診察室を出ると、百合根は翠に尋ねた。

「平戸先生は、どうでした？」

「嘘をついたとは言い難いけど、まったくシロとも言えないわね。彼の心拍数は、二度ほど変化した。武藤さんがアレルギーだったことを知っていたかと訊かれたときと、いつＴＥＮだと気づいたかと訊かれたとき」

翠は、黒崎を見た。黒崎はうなずいた。それから、言った。

「救急車で運ばれてからの処置について話をしたときには、ずっと緊張をしていた」

滅多にしゃべらない黒崎が言うのだから、これは重要なポイントなのかもしれない。

「もしかしたら、平戸先生はその場にいなかったのかもしれませんな」

山吹が言った。

市川が山吹に尋ねた。

「それはどういうことです？」

「講師クラスの人が夜勤をするとも思えません。彼がどこに住んでいるか知りませんが、当直医から連絡を受けたとしても、病院に駆けつけたかどうか……」

「担当医なんだから、当然駆けつけたんじゃないのですか」

「電話で指示をしたということも考えられます。講師クラスの医者は多忙ですからね。受け持っている患者の数も膨大だ」

「いくら忙しいと言ったって……」市川は戸惑った様子で言った。「死にかけている患者がいたら駆けつけるのが医者じゃないのですか？　私は、医者というものはそういうものだと信じてきたがね」

山吹は、ほほえんだ。

「市川さんは、あまり病院にかかったことがないでしょう」

「ええ、まあ、体だけは丈夫でしてね。風邪を引いても、卵酒飲んで蒲団かぶってなおしてしまう」

「病院にあまり行ったことのない人ほど、医者に対して幻想を抱いています」

「幻想ですって？」

「そう。幻想です」

「それよりも……」翠が二人の会話を中断させた。「あの、研修医の小山なんだけど……」

百合根が尋ねた。

「彼がどうかしましたか？」

「妙に落ち着いていたと思わない？」

「そう」百合根はうなずいた。「僕もそう感じました」

「警察と聞けば、たいていの人は多少は緊張するものよ。心拍数も増える。でも、彼は心拍数にほとんど変化はなかった」

百合根は黒崎に尋ねた。

「黒崎さんも、そう感じましたか？」

黒崎は何事か考えていた。やがて、彼は無言でうなずいた。

百合根は言った。

「自分は事件とは関係ないと思っているのでしょう。実際、何の関わりもないのかもしれません。そして、病院というのは、警察と関わることが多い。彼は警察官に慣れているのかもしれません」

翠はちょっと考えてからこたえた。

「そうね。キャップの言うとおりかもしれない」

市川が言った。

「平戸がどこに住んでいるか、調べる必要がありますね。山吹さんが言ったとおり、病院に駆けつけなかった可能性はある。特に、遠隔地に住んでいるような場合は……」

百合根はうなずいた。

「病院の人事を管理している部署を探しましょう」

五人は、エスカレーターで一階に下りた。

また、愛想の悪いカウンターの中の職員と話をしなければならないと思うと、百合根はちょっと憂鬱《ゆううつ》になった。

6

市川が「案内」の窓口で、どこに行けば平戸の住所がわかるかと尋ねた。受付嬢は、さきほどに輪をかけて無愛想だった。

そこに赤城たちがやってきた。

百合根は赤城に尋ねた。

「どうでした？」

赤城は事務的な態度でこたえた。

「患者の奥さんが言ったとおりだ。武藤嘉和は、二月五日に初診の受付をしている。そして、その日に内科を受診した。二月八日に再診。そのときに、二月十日の皮膚科の予約を取っている」

「問題はないということですね？」

「いや、一つ気になることがある」

「何です？」

「再診のときに、どうしてその日のうちに皮膚科の診察を受けさせなかったかだ。二日後に予約を入れている」

「混んでたんだろう」菊川が周りを見回して言った。どこもかしこも患者であふれている。「これだけ患者がいりゃあな……」

百合根は、そこに戻ってきた市川に尋ねた。

「平戸医師の住所はわかったんですか?」

「いや、人事担当が不在だと言われました。そんなはずはないんだ。書類を調べりゃわかることだしね。病院ぐるみで、協力を拒否している感じですな」

「平戸くらいの立場の医者が言えば、皮膚科はすぐに診察したはずだ」赤城が話題を戻した。「そうしていれば、患者は死ななくてすんだかもしれない」

市川が赤城に尋ねた。

「それは確かですか?　平戸医師は、その日のうちに、武藤嘉和に皮膚科を受診させることが可能だったのですか?」

「可能だった」

「なぜそうしなかったか、ぜひ平戸先生に尋ねてみる必要がありそうですね……」

赤城が唐突に言った。

「平戸は、川崎に住んでいる」

「川崎……？」

「溝《みぞ》の口《くち》だ。平戸がどこに住んでいるか知りたがっていただろう？」

「どうしてそれを……」百合根はそこまで言って気づいた。「ああ、赤城さんは、この医学部の出身でしたね。平戸さんを個人的にご存じなのですか？」

赤城がこたえる前に、大きな声が聞こえて、百合根はそちらのほうを見た。

「何だ、君たちは……。まだ、こんなところをうろうろしているのか」

大越教授だった。平戸をはじめ、若い医師数人と看護師を引き連れている。大越教授は、百合根たちのほうに近づいてきた。

「任意の質問にこたえることはない。さあ、さっさと帰ってくれ」

その背後から平戸が言った。

「赤城……」

「ん……？　赤城だと……？」

大越教授は、百合根と菊川の脇にいるSTのメンバーを見回した。そして、赤城に眼をとめると言った。

「おまえが、ここで何をしている」

赤城は大越と眼を合わそうとしなかった。

「質問にこたえろ。おまえが何でここにいるんだ」

赤城はまるで苦痛に耐えるような顔をしている。額に汗までが浮いていた。

百合根は言った。

「彼は我々のメンバーです」

「我々……？」大越は、虫けらでも見るような目つきで百合根を見た。「何のことだ？」

「警視庁科学特捜班です。彼は、法医学の担当です」

「そうか……」大越は、小さく鼻で笑った。「おまえは、しっぽを巻いて私のもとから逃げだし、法医学教室の石上《いしがみ》のところに駆け込んだのだったな。負け犬同士、傷をなめ合っていた。挙げ句の果てが、警察にこき使われているというわけだ」

赤城は何も言わない。目をそらし、じっと何かに耐えている。

大越の大声に、一階にいた患者や職員が何事かと注目していた。

「赤城……」平戸が言った。「おまえが、この件に関わっているのは、個人的な感情からなのか？」

赤城は何もこたえない。百合根は、代わりに言った。

「そうじゃありません。裁判所が赤城に鑑定医を依頼したのがそもそもの始まりです。鑑定医は、依頼を引き受けるまで、審議の内容を知らされません」

平戸はそれ以上何も言わなかった。

「出直すか……」菊川が、ロビーの雰囲気を見て言った。「いずれ、近いうちにまた来ますよ」

＊

品川署の狭い会議室に戻ると、市川が赤城に尋ねた。

「いったいどういうことなんだね？　病院の医者たちが言ったのはどういう意味だ？」

百合根があわてて説明した。

「あ……、実は、赤城は京和大学医学部の出身なんです」

「なんとまあ……」

市川は、驚きを隠さなかった。片方の眉を吊り上げて赤城を横目で見ている。まるで、往年のハリウッド俳優のような仕草だった。

「初耳だな……」菊川が、不機嫌そうに言った。「なんで今まで隠していた？」

百合根はしどろもどろになった。

「別に隠していたわけじゃありません。話す機会がなかったし、話す必要もないと思っていたので……」

「話す必要はあった」壕元が皮肉混じりに言った。「大学病院には知り合いがたくさんいるだろう。そいつらのために、捜査に手心を加えるかもしれないじゃないか」

菊川が露骨に嫌な顔をした。だが、反論ができない様子だった。市川が言った。

「壕元の言うとおり病院には個人的な知り合いも多いだろう。実際、さっきはあんなことがあった。捜査に支障はないのかね？」

「ない」

赤城ははっきりと言った。

本当にそうだろうかと百合根は思った。最初から赤城はこの件に入れ込んでいた。先ほどの大越とのやり取りを見ると、個人的な思いがないとは言い切れないような気がした。

だが、ここはSTのキャップという立場上、赤城を守らなければならない。

「今回の捜査には、赤城の専門的な知識が必要です。そのためにSTが捜査に加わることになったのです」

菊川が言った。

「事情を知ってりゃ、声をかけるのを考えたんだがな……。そもそも、医療訴訟のときに裁判所は、なんで赤城を鑑定医に選んだんだ？　京和大学医学部の出身なら、外すのが常識だろう」

「出身も所属も関係ない」

赤城は言った。「鑑定医は、純粋に医療の技術やモラルについて考えるのが役目なんだ。医者は誰でも忙しいからなかなか鑑定医のなり手がいない。だから、裁判所は俺に声をかけたんだ」

「その民事裁判の結果に満足していなかったんだね？」

市川が尋ねた。赤城は躊躇《ちゅうちょ》なくこたえた。

「満足していなかった」

市川は考え込んだ。

やはり、事前に菊川に相談しておくべきだったろうか。百合根は、後悔していた。

「大越のもとから、しっぽを巻いて逃げ出したっていうのは、どういうことなんだ？」

壕元がいかにも意地の悪そうな顔つきで尋ねた。

赤城は、冷ややかにこたえた。

「それは捜査とは関係ない」

「どうかな。個人的な恨み辛《つら》みで捜査をひっかき回されちゃかなわんからな」

たしかに、今回、赤城は何かを引きずっている。おそらく、民事の医療訴訟のときからそうだったのだろう。だが、個人的な感情に溺れて我を忘れる赤城ではない。百合根は、そう信じていた。だから、壕元の今の一言は許し難かった。

「捜査をひっかき回しちゃいないでしょう。今日だって、病院ではあえて平戸医師に会いに行かなかったのです」

「つまり、捜査に支障が出てるということですよ」壕元は、言い張った。「本来は、誰がどこに聞き込みに行っても問題あっちゃいけないでしょう」

「STは、警察官ではありません。捜査においては、捜査員の補助、援助が役目です。だから、赤城のせいで捜査に支障をきたしているとは思えません」

「いかにも官僚らしい言い方ですね」壕元は、ひねくれた笑いを浮かべた。「だが、現場はそうはいきませんよ」

百合根は何か言い返そうとした。

「もういい」市川が言った。「いまさら、赤城さんに捜査を外れてくれとは言えない。たしかに、今回の捜査には、赤城さんの専門知識が必要だ」

百合根は、その言葉に一瞬激高しそうになった自分を恥じた。

僕が冷静さを失ってどうするんだ……。

市川はさらに言った。

「それに、あの大学の医学部出身なら、内部事情にも通じているだろう。それが、こちらの強みだとも考えられる。どうだね、菊川さん」

菊川は、相変わらず苦い顔をしている。

「品川署さんがそう言ってくれるのなら……」

わだかまりを残しながらも、一応その場は収まった。

その日の報告をし、情報を共有してから会議を終えた。百合根は菊川と二人きりになるのが恐ろしかった。

*

品川署を出ると、案の定菊川が百合根に近づいてきた。

「警部殿、話があるんだがね……」

覚悟を決めるしかなかった。結果的に赤城が京和大学医学部出身であることを、隠していたことになる。文句を言われるのも仕方がない。

さらに、菊川は言った。

「赤城、あんたも来てくれ」

赤城は、何も言わなかった。

菊川は、赤城と百合根を連れて近くの居酒屋に入った。サラリーマンが勤め帰りに一杯ひっかけるどこにでもある大衆居酒屋だ。まだ、時間が早く、店内はすいていた。あるいは、不況のせいですいているのかもしれない。カウンターのほかに、テーブル席が四つある。菊川は一番奥のテーブルを選んだ。

「まあ、ビールでも飲もう」

その一言が、嵐の前の静けさのようで不気味だった。百合根は、説教を待つ子供のように小さくなっていた。

生ビールのジョッキが来ると、菊川は適当につまみを注文して、軽くジョッキをかかげた。百合根は一口だけビールを飲んだ。

「壕元ってのは、嫌なやつだ」

菊川は言った。百合根は、黙って菊川の話を聞くことにした。責められても仕方がないと思っていた。

「警察にああいうやつは多い。出世をあきらめた代償に鬱憤《うっぷん》晴らしの相手を見つけようとしている。それで、身近なやつの欠点を見つけてはちくちくとついて楽しんでいるんだ。だがな、俺は、あいつの言っていることも、もっともだと思う」

赤城も何も言わない。

「俺も、大越が言ったことが気になっている。大越とあんたの間に何があったんだ？ 話してもらえるとありがたいんだがな……」

予想していた展開と違っていて、かえって百合根はうろたえた。てっきり、文句を言われるものと思っていたのだ。

赤城が言った。

「捜査には関係ないと言っただろう」

菊川はうなずいた。

「たしかにそうだ。だが、知っておいて損はないと思う。ま、話したくないのならそれでいい」

やはり赤城はしばらく黙っていた。百合根も何も言えずにいた。

菊川は、やってきた焼き鳥を手に取り、一口ほおばると、串に残った鶏肉をじっと見つめていた。

赤城が重たい口を開いた。

「大学の医学部には医局というものがある」

「医局……？　病院で医者がいる部屋のことをそう呼ぶんじゃないのか？」

「大学医学部の医局というのは、違った意味で使われる言葉だ。それは、厳しい徒弟制度の共同体を意味している。主任教授を頂点としたピラミッドだ。どんな医者も、医局の影響から逃れることはできない」

赤城は、訥々《とつとつ》と話しはじめた。

「頂点にいる主任教授を支えるのが、教授クラスだ。そして、その下には講師がいる。さらにその下には肩書きのない若い医者と、研修医がいる。教授の間には派閥もある。どの教授の下に付くかで将来が決まるとさえ言われている」

「警察とたいして変わらないじゃないか」菊川はビールをぐいと飲んでから言った。「警視総監の下に警視正がいて、警視がいる。その下に警部がいて、警部補と巡査部長がわんさといる。その下にはさらに平の巡査がたくさんいるわけだ。要するに、ピラミッドだ」

赤城はうなずいた。

「日本の会社組織もそうだ。だが俺は、医者はもっと自由に診療ができるものと思っていた。だが、医者をやっていく限り、医局の呪縛から逃れることはできない」

「大学にいる間のことだろう？」

「そうじゃない。どんな病院で働こうと、ずっと所属していた医局がついて回るんだ。小さな民間病院で働いていてもそうだ」

「何でだ？」菊川は、驚いた様子で尋ねた。「独立したら関係ないだろう」

「日本中のほとんどの病院が、出身大学による系列の下にある。医局は、医者をどの病院に就職させるかという人事権まで持っている。つまり、主任教授が人事権までを掌握しているんだ。就職するには、医局に頼るしかない。どこの病院でも優秀な医者がほしい。それで、医者はいつまでたっても医局にゴマをすることになる」

「たまげたな……。そんな仕組みになっているとは知らなかった……」

「大学病院に残った医者の出世は、すべて主任教授の一存で決まる。主任教授に嫌われたら、一生出世はできない。研究活動もできないから論文も書けない。学位ももらえない」

「医者の世界も面倒くせえんだな」菊川は日本酒の銚子《ちょうし》を注文し、手酌でやりはじめた。「それで、大越とは何があったんだ？」

けのことだ」

「彼が言ったとおりのことだ。俺は、しっぽを巻いて彼のもとを逃げ出した。それだ

「具体的に聞きたいんだがな……」

「研修医には、二つの方式がある。ある一つの科で二年間を過ごすか、何ヵ月かごとにローテーションで各科を回るか……。京和は、ローテーション方式だ。内科で研修をやったときに、なぜか俺は大越に眼を付けられた。研修が終わったら、内科に来いと言われていた。当時は、大越はまだただの教授で、別の主任教授が医局を仕切っていた」

そこで赤城は言葉を切り、すっかり泡の消えたビールを一口飲んだ。

「当時の俺には、医者として致命的な欠陥があった。大学に入る前にそれは克服したつもりだった。だが、きれいさっぱり克服できるもんじゃない」

「何だ、その致命的な欠陥というのは……」

「俺は対人恐怖症だった。内科は問診の比重が高い。患者と話をしなければならない。それは、当時の俺にとってはひじょうに苦痛だった。研修医というプレッシャーが俺の症状を悪化させた。俺は、内科は無理だと思った。それで、俺は内科に行くのをやめた。大越教授は、自分の言いつけに逆らったと思い、激怒した。学内に俺を受

け容れてくれる医局はなくなってしまった。大越教授が手を回したんだ」

たしかに、対人恐怖症で内科医はきついかもしれない。いや、内科医に限らず、大学病院にいるのは苦痛だったに違いない。百合根も医局の話は初めて聞いた。対人恐怖症の赤城が、医局でうまく立ち回れるとも思えない。おそらく、若い彼は、打ちのめされたに違いない。

「行く場所のない研修医ほど惨めなものはない。二年間の研修を終えても、就職するところがない。病院内にはそういう噂はすぐに行き渡る。誰もが、俺を嘲笑《あざわら》っているように思えた。ナースたちが、すべて俺を蔑《さげす》んでいるように感じた」

赤城は、淡々と語りつづけている。だが、おそらくこうして冷静に話せるようになるまでは、ずいぶんと時間がかかったに違いない。今では、彼は対人恐怖症をかなり克服している。だが、その名残《なごり》で女性恐怖症が残っている。

ナースが原因だったに違いないと、百合根は思った。病院にはナースがたくさんいる。医者の数よりずっと多い。そして、研修医といえば、二十代の前半。多かれ少なかれ、異性を意識する年頃だ。そんな時期に、赤城は自尊心を打ち砕かれた。ナースたちがすべて彼を蔑んでいたわけでは、決してないだろう。だが、重要なのは、赤城自身がそう感じたということなのだ。最初に、赤城が女性恐怖症だと聞いたとき、百合根は冗談だと思った。だが、彼にはそんな過去があったのだ。

菊川が、さりげない調子で先を促した。

「それで、おまえさんはどうしたんだ？」

「当時、ただ一人で法医学の研究をしていた石上拓三《たくぞう》という教授がいた。彼は、本当の一匹狼だった。今では法医学の世界でその名前を知らない者はいないが、当時はまったく無名だった。俺は、その教授に拾われた」

百合根は、赤城が一匹狼を気取りたがる理由がようやく理解できた気がした。彼は、その石上拓三という教授に心酔したのだろう。憧れの教授のように一匹狼でやっていこう。そう心に決めたに違いない。

菊川は、百合根に尋ねた。

「警部殿は、今の話を知っていたのか？」

「いいえ」百合根は正直にこたえた。「初めて知りました」

「部下のことはもっとよく知っておくべきじゃないのか？」

「すいません」

百合根が頭を下げると、赤城は言った。

「俺は、警察に来てから誰にも話したことはない。STの仲間も知らない。俺もST

のメンバーの過去についてはほとんど何も知らない」

菊川が顔をしかめた。

「変わった連中だよな、まったく」

「キャップが、あれこれ俺たちのことを詮索する人間だったら、STはもたないだろう」

百合根は、今の赤城の言葉をどう受け止めていいかわからなかった。詮索するどころではない。彼らに振り回されているというのが実情だ。

「それで……」菊川はさらに赤城に尋ねた。「今回の捜査は私情が絡んでいるわけじゃないだろうな？」

「絡んでいるかもしれない」

「何だって……」

「京和大学病院で、死ななくてもいい患者が死んだ。それが、俺は悔しい」

菊川は、また自分の猪口《ちょこ》に手酌で酒を注いだ。百合根は、自分が注ぐべきかどうか迷っていた。そして、結局手を出さずにいた。

「その程度のことなら、私情が絡んでいるとは言わねえよ。刑事だって似たようなもんだ。コロシがあるとするだろう。被害者《ガイシャ》の遺族に会ったり、交友関係を聞き込みしたりするよな。すると、被害者にだんだん感情移入しちまうんだ。殺したやつが憎くて仕方なくなる。だから、俺たちは猟犬のように犯人《ホシ》を追う」

　赤城は黙って菊川の話を聞いていた。

　しばしの沈黙の後、赤城が言った。

「俺は、患者不在の医療の現場がつくづく嫌になった。それで、警察に逃げ出したんだ。そういう意味では、大学病院にまだ遺恨を残しているかもしれない。それが問題だというのなら、捜査から外してくれていい」

　菊川は百合根を見た。

「警部殿はどう思う？」

　百合根は、しばらく考えなければならなかった。ここで優柔不断な態度を見せてはいけない。自分にそう言い聞かせて、百合根はきっぱりと言った。

「僕は外しません。この捜査に赤城さんは必要です」

　菊川は、しばらく百合根を見据えていた。百合根は、急に居心地が悪くなり、尻をもぞもぞと動かした。やがて、菊川は言った。

「わかった。警部殿がそう言うのなら、俺は文句はない」

　意外な言葉だった。菊川は本当に納得してくれたのだろうか。

赤城は、口を真一文字に結んで手もとのビールジョッキを見つめていた。

7

「カルテを入手した」翌日の会議で、市川が言った。「ところが、このカルテってやつが、素人には何が書いてあるのかさっぱりわからない。赤城さん、見てもらえますか？」

赤城は言った。

「すでに、民事のときに見ている」

「何が書いてあるのか、我々にわかるように説明してください」

赤城は、カルテに手を伸ばし、説明を始めた。

「まず、初診担当の医者が、症状を列記している。発熱、食欲の不振。そして、熱計が記してある。三十九・五度。薬物アレルギーの疑いがあると書かれている」

「ちょっと待ってくれ」菊川が言った。「そのカルテはどういう経路で入手したんだ？」

市川がこたえた。

「民事の際に、遺族側の弁護士が証拠保全をやった。その際に、病院が提出した」

「それを入手したということか？」

「そうだ。昨夜、壕元が弁護士のところに行って、手に入れてきた」

「やばいぞ。病院が任意で提出したわけじゃないんだな？」

菊川が、壕元を睨んだ。壕元は、薄ら笑いを浮かべて言った。

「気にすることはない。どうせ遺族側が押さえていたんだ」

菊川は、壕元を相手にせず、市川に言った。

「今すぐ裁判所に、押収令状を申請するんだ。令状《オフダ》が下りるまで、このカルテはここにはなかったことにする」

市川は、すぐに菊川が指摘する事柄に気づいたようだ。

「そうだな……。うっかりしていた。こいつは、ちょっとやばい」

百合根はすでに気づいていた。このカルテは、病院が刑事事件の捜査に対して任意で提出したものではない。そして、裁判所の令状に基づく押収品でもない。あくまで、民事訴訟における証拠保全で遺族側が入手したに過ぎない。刑事事件の捜査としての手続きを踏んでいない。もし、カルテに不審な点が見つかったとしても、裁判で病院側の弁護人に、不当な手段で入手した点を衝《つ》かれれば、証拠能力をなくしてしまう恐れがある。

菊川が指摘しなければ、百合根が発言するつもりだった。

「うかつだった。申し訳ない」市川が重ねて言った。「すぐに手配しよう。それまで、カルテのことはなかったことにしよう」

「いいじゃないですか」壕元は言った。「カルテってのは、原則的に公開されているわけでしょう。だったら問題ないはずです」

「カルテ公開は、まだ制度化されていない」赤城が言った。「病院の所有物と見なされる」

「どうせ、起訴に持ち込めやしませんよ。そのカルテだって、民事裁判で審議されたんでしょう？」

菊川が壕元を睨みつけて言った。

「同じ台詞《せりふ》を、検事の前で言ってみろ」

壕元は、平然としていた。

「カルテの書き換えがあったって、刑事罰は問えないんですよ」

菊川は、ちょっとひるんだ。それから、赤城に尋ねた。

「本当か？」

赤城はうなずいた。

「医師法では、治療の内容を遅延なく記録することは義務づけられている。だが、書き換えや嘘を書くことに対しての処罰規定はない」

「医者はでたらめを書いてもいいということか？」

「極端に言うとそういうことだ。それが、リピーター医師を増やすことにもつながっている」

「リピーター医師ってのは、医療ミスを繰り返す医者のことだな？」

塚元が、したり顔で言った。

「リピーター医師がいるってことは、医療ミスが刑事罰の対象にならないということを物語っている。民事でけりをつけるしかないんだ。だが、民事裁判で病院はシロという結果が出たんだ。こりゃ、消化試合だよ」

「世の中、変わっていく」赤城が言った。「医療事故は、今や社会問題化している。医療のシステム自体が問われている」

「それはわかっているさ」塚元は言った。「厚生労働省がようやく重い腰を上げたんだろう。医師免許の取り消しを含む行政処分に、刑事事件だけでなく、民事裁判の結果も反映させることを決定した」

百合根は、意外に思った。塚元は、けっこう勉強しているようだ。

壕元はさらに言った。

「だけど、一方で、厚生労働省が導入しようとしていた医療機関からの事故報告制度は、当初は義務にしようと思っていたが、結局は、任意報告になりそうだ。医者どもが猛反対しているからだ。結局、医者の思い通りに事が運ぶ」

赤城は、言葉を返すことができなかった。

壕元はぐいと身を乗り出した。

「俺だってばかじゃない。根拠のないことは言わない。勝ち目がない勝負だって言ってるだけだ。まあ、医者の世界の現状がどうあれ、俺たちの仕事には関係ないがね。できれば、こうした刑事告訴は、願い下げにしてほしい。俺たちはただでさえ忙しいんだ。それでなくても、日本の警察の犯罪検挙率は二十年前の三分の一で、二〇パーセントを切ろうとしている。医療のことは厚生労働省に任せておけばいいんだ」

壕元は、思いの外《ほか》弁が立った。本人が言ったとおり、ばかではないらしい。おそらく、自分の立場を有利にするためには労を惜しまず、いろいろと調べ回るのだろうと百合根は想像した。その労力を捜査そのものに向けてほしかった。

「俺たちは仕事を選べない」菊川が言った。「与えられた仕事について、重要かそうでないかを勝手に判断することも許されない。勘違いするな。医師法で刑事罰は問えなくても、関係ない。俺たちは今、刑法の業務上過失致死の捜査をしているんだ」

「さっさと終わらせたいと言ってるんです」

　塚元が言った。

「ああ。俺もそう思っている。さっさと終わらせようじゃないか。そのためには、本気で捜査することだ」

　険悪なムードになった。それをとりなすように市川が言った。

「とにかく、裁判所に押収令状の申請をしてくるよ」

　赤城が言った。

「レセプトも押さえてくれ」

「レセプト……？」

「正式には診療報酬明細書という。保険でまかなう医療報酬の請求書のことだ。レセプトを見れば、どんな治療をしたのかがわかる。それから、薬の処方箋だ」

「民事のときの証拠保全で押さえたんじゃないのかね？」

「病院は、処方箋を見つけ出すのは不可能だと言った。毎日膨大な数の処方箋が行き交う。特定の一枚を見つけ出すことはできないという病院側の主張を認めざるを得なかった。だが、今度は刑事事件だ。裁判所の令状があれば、病院だって探さざるを得ないだろう」

「わかった」市川は、メモを取った。「えーと、診療報酬明細書と処方箋だね。じゃあ、私はこれから手配するから……」

市川は席を外した。

菊川が赤城に言った。

「さて、聞き込みだが、病院はおそらく警戒を強めていると思う。どうしたらいい?」

赤城は考えた。

「あの夜、被害者を病院に運んだ救急隊員に話を聞く必要がある」

菊川はうなずいた。そして、壕元に言った。

「管轄の消防署に問い合わせてくれ」

「仰せとあれば何でもやりますよ」

「大至急だ。早く仕事を終わらせたいんだろう」

壕元は携帯電話を取り出した。いつの頃からだろう。捜査員は、机の上の電話よりも携帯電話を頻繁に使用するようになった。

壕元が消防署に電話をしている間、菊川は何事か考え込んでいた。赤城も腕を組んで考えている。青山、翠、黒崎、山吹の四人は、何だか蚊帳《かや》の外といった風情《ふぜい》で刑事たちのやり取りを聞いていた。

前回の捜査会議で、平戸医師が話した内容の報告はあった。だが、質問の際に、翠と黒崎が察知したことを赤城と菊川に話してはいなかった。

百合根は言った。

「平戸医師が、嘘をついている、あるいはなにかを隠しているという点について、ちょっと考えてみたいのですが……」

赤城は百合根のほうを見た。

「翠と黒崎の人間嘘発見器コンビの話か？」

「そうです」

壕元は怪訝そうな顔をしている。

翠が言った。

「あたしが記憶している限りでは、彼の心拍数に変化が現れたのは、二度。被害者がアレルギーだったことを知っていたかと訊かれたとき、そして、いつＴＥＮだと気づいたかと訊かれたとき……。これは、黒崎さんが感じ取ったことと一致していると思うわ」

赤城は、黒崎に尋ねた。

「間違いないか？」

黒崎はうなずいた。

「つまり、平戸は、その二つの質問をされたときに、緊張状態にあったということだ」

赤城が考え込みながら言った。

菊川が赤城に言った。

「つまり、平戸は、被害者がアレルギーだったことを知らなかった可能性があるということか？」

「可能性はあるな」

「だが、おまえさん、さっきちらりと言わなかったか？　初診担当の医者はカルテにアレルギーのことを書いていたって……」

百合根は注意した。

「カルテの内容についての話は、なしです」

「そうだったな。えーと、しかるべき筋からの情報からすると、アレルギーの話は、平戸に伝わっていなければおかしい」

「そう。たしかに初診担当の医者は症状によって、さまざまな科に患者を振り分ける。カルテは、受付で作られてそれは患者について回る。そうでなければ、カルテの意味はない。そして、カルテに記載された内容は、担当するすべての医者が読んでわからなければ意味がない。医者だけじゃない。オペレーターにも理解できる必要がある」

菊川が尋ねた。

「オペレーター？」

「大学病院などでは、カルテや伝票、処方箋などからドクターが行った診療内容や処方した薬剤、患者のデータなどを医療事務用のコンピュータに入力する」

「そのデータを押さえれば一発じゃないか」

「たしかに、そのとおりだ」赤城は言った。「だが、そいつには最大の欠点が一つある」

「何だ？」

「電子データなので、改ざんが簡単にできるという点だ。誰でもアクセスできるから、すぐに書きかえることができる。痕跡も残らない。厳密に言うとファイルを書きかえた日付は残るが、その日付が改ざんを意味するかどうか証明することは難しい。

電子データは、紙に書かれたカルテや処方箋よりずっと改ざんが容易なんだ」

「つまり、もしカルテを改ざんするつもりなら、とっくにその電子データも改ざんされているはずだということか」

「それに、電子データは裁判で証拠能力が低い」

「だが、確認を取るためには、そのデータも押さえておいたほうがいいんじゃないのか」

「それよりも、入力したオペレーターに話を聞いたほうがずっと有効だ」

赤城がそう言うと、菊川は考え込んだ。

「なるほどな……。そのオペレーターをつきとめなけりゃならんな……」

百合根は、それをメモした。これからやらなければならないことをノートに列記しておくのだ。百合根は、記憶の曖昧さを、実際の捜査に出るようになって、嫌というほど痛感していた。記憶だけに頼っていると、ちょっとしたことでも正確に思い出すことができない。人の名前、電話番号、車のナンバー、住所、部屋番号……。すべて、ほんのわずかの時間が経過するだけで思い出せなくなってしまうことがある。だから捜査員はこまめにメモを取る。よくドラマで警察手帳にメモを取るシーンが出てくるが、刑事が取るメモは警察手帳などではとても間に合わない。たいていの捜査員は、ルーズリーフのノートを持ち歩いている。

「TENであることに、いつ気づいたかと訊かれたときに、嘘をついたかもしれないというのは、どう解釈すればいいんだ？」

菊川が尋ねた。赤城はちょっと考えてからこたえた。

「平戸はどうこたえたんだ？」

質問を担当した市川が席を外しているので、百合根がメモを見ながらこたえた。

「救急車で運ばれたときに気づいたと言いました」

「それは、民事のときと、こたえが矛盾しているな……。俺が見た資料では、担当医がSJSあるいは、TENの可能性に気づいたので、皮膚科の診療の予約を取ったということになっていた」

「その担当医というのは、平戸のことなのか？」

「それはわからない。鑑定医は裁判の証人喚問に臨席していたわけじゃない。あくまで、治療が適正だったかどうかを資料を見て判断するだけだ」

「……ということは……」

「平戸が被害者を診察・治療しなかった可能性がある」

百合根はそのとき、思い出した。

「平戸医師のピンチヒッターだと言って、診察室に研修医がやってきたんです」

菊川は百合根を見た。

「研修医が……？」

百合根は、ノートをめくり研修医の名前を確認した。

「小山省一という研修医です。大越教授が突然診察室に現れて、回診するからいっしょに来いと平戸医師に言ったのです。平戸医師はそれに従いました。その代わりに診察室に現れたのが、その小山省一という研修医です」

「よくあることだ」赤城が言った。「研修医にも経験を積ませなければならない。だが、本来は監督教官のもとで診察・治療を行わなければならないはずだ」

「研修医が一人で患者を診るというのは違法ではないのか？」

菊川が訊いた。いつも扱っている事件とは性格が違うので、菊川も今ひとつ自信が持てないようだ。

「違法ではない。研修医だって医師免許を持ったれっきとした医者なんだ」

「研修医がれっきとした医者だって……？」

「そう。医師の国家試験はペーパーテストだ。実技の試験はない。だから、国家試験をパスした後に、大学病院などで見習いの医者をやるわけだ」

「被害者をその研修医が診察・治療した可能性はあるな……」菊川が言った。「平戸はその研修医の小山から事後報告を受けただけなのかもしれない。だとしたら、救急車で被害者が運ばれてきたときにTENだと気づいたという平戸の言葉は嘘になる」

「ちょっと待ってください」壕元があきれたような表情で言った。「いったい、何の話をしているんです？　医者が嘘を言ったの言わないのって……。そんなことが、どうしてわかるんです？」

菊川が翠と黒崎を指さして言った。

「この二人にはわかるんだよ」

「嘘を見抜く訓練をしているとか、警部殿がおっしゃっていましたね」壕元は皮肉な口調で言った。「そんなものが当てになりますか」

「当てになる」菊川が言った。「もちろん、裁判での証拠能力はない。だが、捜査の方針を立てるのには役に立つ」

「どうやって嘘がわかるというんです？」

「警部殿」菊川が言った。「説明してさしあげたらどうだ？」

百合根は、翠と黒崎の能力について話し、彼らが嘘を見破るメカニズムについて説明した。

壕元が嘲笑を浮かべはじめた。

「そんなばかなことがあるか……」

「論より証拠って言うでしょ」翠が言った。「試してみればいいわ」

壈元が翠を見た。翠は今日も胸元が大きくカットされたニットのセーターを来ている。色は赤。壈元の視線はどうしてもその胸の谷間に行ってしまう。

「試すだって……？」

「そう。菊川さんがあなたにいくつか質問をする。あなたが、それにこたえる。あたしと黒崎さんがそのこたえが嘘かどうか当ててみせるわ」

そんなことをしている場合だろうか。百合根は思った。

だが、ここで壈元を屈服させるのも必要かもしれない、と思い直した。壈元は、赤城がいることで捜査に支障をきたすかもしれないと言ったが、今のところ、捜査の妨害になっているのは、壈元のほうだ。彼はどうしてもやる気が起きないようだ。ならば、少なくとも邪魔をしないようにおとなしくさせるべきだ。

「いいだろう。やってくれよ」

菊川は顔をしかめていた。

「つまらん遊びに付き合ってはいられない」

「いいじゃない」青山が言った。それまで、ずっとつまらなそうにしていたが、ようやく彼が興味を示す展開になったようだ。「やってみれば？　そうすりゃ、壕元さんも納得するんじゃない？」

おそらく菊川もその必要性を感じたのだろう。彼は苦い顔をしたまま、質問を始めた。

「出身地は？」

「東京の下町だ」

「最終学歴は？」壕元は有名私立大学の名前を言った。そして付け加えた。「柔道部では主将をつとめた。国体に出場したこともある」

「国体での成績は？」

「準優勝だよ」

「最初に配属された署は？」

「綾瀬《あやせ》署だ。東京都内で最も忙しい署だ」

「兄弟は？」

「妹が一人」

「結婚はしているのか？」

「している。息子が一人いて、柔道を仕込もうと思っている」

「両親はご健在か？」

「いや。二人ともすでにいない」

「嫁さんの出身地は？」

「東京だ。渋谷の松濤《しょうとう》に実家がある」

「現住所は？」

「女房の実家のそばのマンションに住んでいる」

「今の仕事に満足しているか？」

「もちろんだ。なかなか刑事になれるもんじゃない」

「趣味は何だ？」

「刑事をやってりゃ趣味なんて持てない」

「大学時代の専攻は？」

「法律だ。法学部で刑法をやった」

菊川は、翠を見て、それから黒崎を見た。

「もういいだろう」

「けっこうよ」翠が言った。それから、黒崎に尋ねた。「どう？」

黒崎は無言で、そばにあったメモ用紙を一枚取り、何かを走り書きして翠に手渡した。翠はそれを見るとうなずいた。

「あたしの結果と同じよ」

「じゃあ、発表してもらおうか。俺がついた嘘はどれだ?」

壕元は挑むように言った。

「まず、出身地。出身は東京というのは嘘ね」

壕元はそれを聞いて、ふんと鼻を鳴らした。

「それから、結婚しているというのが嘘。独身なのね。ご両親が亡くなったというのも嘘。ご健在で何よりね」

壕元の薄ら笑いが次第に消えていった。

「結婚しているのが嘘なのだから、奥さんの実家が渋谷の松濤というのも当然嘘ということになるわね。それから、現住所も嘘。意外だったのは、出身大学と柔道で国体に出たというのが本当だったってことね。そして、刑法を専攻したというのもどうやら本当らしいわね」

壕元の口がわずかに開いていった。言葉を失った様子で翠の顔を見つめていた。

「ばかな……」彼は、なんとか気を取り直そうとしている様子だった。「事前に俺のことを調べていたな？」

「どうしてそんな必要があるの？」

「じゃないと、あり得ない」

「……ということは、あたしが言ったことは正解だったのね？」

「ああ、そうだ。俺は独身だ。だから、署の待機寮に住んでいる。出身は栃木だ。そうか、訛《なまり》でわかったんだな？」

「たしかに発音で東京の下町出身じゃないということはすぐにわかった。でも、それ以外のことは、本当にあなたの鼓動を聞いたのよ。そして、黒崎さんは、あなたの発汗を嗅ぎ取った」

「嘘だ……」

「ちなみに、壕元さん、東京の山の手にコンプレックスを持ってるね」青山が言った。「過去に失恋したことがあるでしょう。その相手が渋谷の松濤に住んでいたんだ」

「当てずっぽう言うなよ」壕元はむきになって言った。「そんな相手なんていねえよ」

「それも嘘」翠が言った。「青山君の言ったことが図星《ずぼし》だったのね」

壕元は、顔色を失って押し黙った。気味悪そうに翠、青山そして黒崎を見ていた。

このくらいの芸当は、STのメンバーにとっては朝飯前だ。だが、壕元にとっては衝撃だったろう。

これで少しはおとなしくなってくれるといいのだが……。

百合根はそう思った。

8

壕元が、武藤嘉和を病院に運んだという救急隊員を探し出したので、会いに行くことになった。

百合根とSTが同行する。菊川は、再び京和大学病院に行くという。

大学病院は明らかに警察に反感を持っている。あるいは、上層部から警察には余計なことはしゃべらぬようにと、お達しがあったのかもしれない。いずれにしろ、病院側の対応は冷淡だ。百合根は非協力的な人々に会いに行くのが苦手だ。だが、菊川は平気な様子だ。それでなくては警察官はつとまらない。警察官に尋問されることを歓迎する人間など、ほとんどいないからだ。

菊川は、データ入力のオペレーターになんとか話を聞きたいと言っていた。

「消防署は近いんですか？」

「近い。歩いて行ける」

壕元は、品川警察署を出ると歩きはじめた。やや猫背でがに股だ。首がおそろしく太く、体格ががっちりしているので、猪が歩いているところを連想させる。

おそろしく歩くのが早かった。百合根はついていくのがやっとだった。五月の晴天の日だ。早足で壕元を追いかけていると、背広姿の百合根は汗ばむのを感じた。青山がいっしょに歩くことを諦めて、どこかで脱落するのではないかと心配になった。

二十分ほどで品川消防署に着いた。京浜急行の新馬場《しんばば》駅の近くにある。壕元の足で二十分だが、普通の人の速度だと三十分近くかかるはずだ。青山が脱落せずについてきたのが、奇跡のように思えた。

被害者の武藤嘉和を搬送した救急隊員は二人、運転手が一人。警察の尋問の鉄則は別々に話を聞くことだ。警察署と消防署は近しい関係にあるので、尋問に至るまでの経過は実に円滑だった。消防署では、尋問用に消防隊員たちの談話室を提供してくれた。

テーブルに向かって腰かけ、まず一人目の質問を始めた。

最初の救急隊員の名は、横塚英夫《よこつかひでお》。三十六歳の柔和な男だった。髪をきちんと整髪しており、制服姿だった。

壕元は、質問を百合根に任せるつもりのようだ。お手並み拝見とでも思っているのだろうか。あるいは、人間嘘発見器の薬が効いているのかもしれない。

「武藤嘉和さんを、病院に運んだのはあなたたちですね？」

「そうです」

「一一九番の通報があったのは、いつですか？」

「二月八日の深夜。午前零時過ぎだったと思います。正確な時間は、司令所の記録にあると思いますが……」

百合根はうなずいた。すでにその時刻は調査済みだ。正確には、明けて九日の午前零時十二分だ。

「駆けつけたときの、患者の様子はどうでした？」

「顔や手に発疹がありました。皮がむけているところもあり、ただ事ではないと思いました。熱も高く、九度ほどあったと思います。血圧は、百四十の八十六。バイタルは正常範囲内でしたが、心拍数が多く、呼吸は浅かったですね」

「その場で何か質問しましたか？」

「何があったかを尋ねました」

「武藤嘉和さんは何とこたえました？」

「インフルエンザで病院にかかったら、こうなったと……」

「その後、あなたは京和大学病院に武藤嘉和さんを搬送しましたね？」

「はい。患者がその病院にかかっていたと言ったので……。あの地域では、たいていはそこに運びますし……」

「病院へ運ぶまでの武藤さんの様子はどうでした？」

「さきほども言いましたが、多少の頻脈と呼吸の浅さが見られましたが、意識ははっきりしていました。本人が奥さんの付き添いを断られ、私たちは、本人から住所、氏名、年齢等を聞きました」

「症状を見て、どう感じましたか？」

「薬物中毒を疑いました。だとしたら、一刻を争うと思いましたね。薬物中毒の場合、時間を追って急速に症状が進行する場合がありますから……」

百合根はうなずいて、壕元のほうを見た。

「何か質問は？」

壕元は、首を横に振った。

「私はありません。そこのドクターはどうなんです？」

壕元は赤城を見ていた。赤城は、救急隊員に尋ねた。

「搬送中に何かの処置はしたか？」

「呼吸が苦しそうだったので、酸素の吸入をしました。それ以外には何もしていません」

赤城はうなずいた。

百合根は、救急隊員の話を聞いても、正直言って何が重要なポイントなのかよくわからなかった。一一九番の通報を受けて、患者の自宅に急行し、そのまま病院へ搬送した。事実はそれだけだ。だが、赤城にとっては別の意味があるのかもしれない。それを期待するしかなかった。

横塚に礼を言って、もう一人の救急隊員に部屋に入るように伝えてもらった。

次に入ってきた救急隊員は、若く精悍な感じだった。髪を短く刈っており、たくましい体つきをしている。彼の名は名波耕介《なみこうすけ》。救急隊員になって間もないという。

百合根は、横塚に尋ねたのと同じ質問をした。

名波のこたえは、ほぼ横塚と一致していた。バイタルの数字も一致した。時間的な経緯にも矛盾はない。だが、百合根が武藤を見たときにどう思ったかと尋ねると、彼は横塚とは違い、はっきりと言った。

「一目見てSJSだと思いました」

横塚は薬物中毒を疑ったと言ったのだ。おそらく救急隊員の経験は横塚のほうが豊富だろう。なのに、名波は、一目でSJSと見抜いたというのだ。

「どうしてそう思いましたか？」

「市販の風邪薬を飲み、ＴＥＮを発症して死亡したという新聞記事を読んで驚いたのです。ＴＥＮはＳＪＳのカテゴリーと考えられています。自分は救急隊員として今後、ＳＪＳの知識が必要だと感じ、新聞記事を読んだ直後からインターネット等で症例をいろいろ調べておりました」

なるほど、彼は若いだけあって、仕事に熱心なのだ。横塚が熱心でないというわけではない。名波は、将来に向けての希望に燃えているのだろう。百合根にも経験がある。警察庁に入ったばかりの頃は、彼もそうだった。警察の問題点を、自分が解決できるような錯覚にさえ陥っていた。そう。たしかに錯覚だった。だが、そういう気持ちを持ちつづけていることは大切だと、今でも思っている。

要するに、名波は、経験不足を勉強で補おうと努力しているのだ。その努力はいずれ報われるに違いないと百合根は思った。

「それで……」赤城が尋ねた。「ＳＪＳかもしれないということを、京和病院のドクターに伝えたか？」

「いいえ。救急隊員が患者に対して診断を下すことはあり得ません。ドクターに先入観を与える恐れがあるので、そういう発言は控えることになっています」

赤城はうなずいた。そしてさらに質問した。

「担当医に症状を説明したんだな？」

「しました。バイタルと、患者が訴えた原因と思われる事柄を伝えました」

「相手は何という医者だ？」

「担当医は平戸という先生だと聞いています」

曖昧な言い方だ。

「直接平戸に症状の説明をしたのか？」

「自分らはサインをもらうだけですから……」

急に歯切れが悪くなった。

「なあ、あんたを責めているわけじゃないんだ」赤城が言った。「救急隊員にも立場ってものがあるだろう。だが、話してもらわなければならない。俺たちは事実を知らなきゃならないんだ」

名波は、しばし考えてから言った。

「民事裁判のときにも、同様のことを尋ねられましたが、救急隊員は病院に不利なことは言えませんからね……。病院側から、担当医は平戸先生だと言われましたから……」

「だが、実際に運び込んだ夜に会ったのは、平戸じゃなかったんだな？」

名波は、しばらく黙っていた。それから、覚悟を決めたように顔を上げると、赤城に言った。

「自分があの夜会ったのは、平戸先生ではありませんでした。達川《たつかわ》というドクターです」

「研修医だな」

「そうです」

赤城は、うなずいた。

「よく話してくれた」

赤城は質問を終えた。だが、名波は話し足りない様子だった。赤城が尋ねた。

「何か言いたいことがあるのか？」

「自分は人の命を救う仕事をしています。そのことに誇りを持っています」

「当然、そうあってほしい」

「しかし、病院の対応で死ななくてもいい人が死ぬということが実際にあるのです。受け入れ拒否です。自分も、交通事故の患者をかかえ、三十分以上もあちらこちらの病院を回らなければならなかった経験があります。特に、乳幼児の問題は深刻です。最近は小児科医が激減していて、乳幼児を受け入れる病院がどんどん少なくなっているのです。救急車を呼ぶ人というのは、皆せっぱ詰まっているのです。救急車を呼べばなんとかしてくれるとすがるような思いで一一九番に電話するのです。しかし、病院が受け入れてくれなければ、どうすることもできません。我々は医療行為を禁じられています。呼吸困難の患者に挿管すらできないのです。死なくて済む人が死んでいく。その現状を少しでも改善してもらいたいんです」

赤城は、力強くうなずいて見せた。

「今回の事件が、一つのきっかけになればいいと、俺も考えている」

百合根は、赤城がまた不思議な能力を発揮したと感じていた。

彼は一匹狼を気取りたがる。だが、なぜか彼の周りには専門知識を持った人々が集まり、赤城を助けようとしはじめる。例えば、殺人の現場に行くと、職人気質の鑑識係員たちが、いつしか赤城の周りに集まり、あれこれと意見を述べはじめる。たしかに赤城には、専門家をその気にさせる、不可思議なオーラのようなものがあるのだ。

百合根は、名波に礼を言って最後に救急車の運転手を呼んでもらった。運転手からは、時間的な経緯の確認を取った。それ以上のめぼしい情報は聞き出せなかった。

百合根たちは、消防署を後にして、また徒歩で品川警察署まで戻った。

＊

「消防署の救急隊員たちは、嘘は言っていなかったのか？」

　翠と黒崎にそう尋ねたのは、壕元だった。多少皮肉な響きを帯びているが、人間嘘発見器の能力を信じたことは間違いなさそうだった。

「嘘はついていない」

　翠が請け合った。

「つまり……」百合根は言った。「救急隊員たちは、平戸医師には会っていないということですね」

「当然、そうだろうな」赤城が言った。「講師クラスが当直に就くとは思えない」

「達川という研修医がどういう対応をしたのか、詳しく知る必要がありますね」

　赤城はため息をついた。

「本人はまず話してくれないだろうな……。固く口止めされているはずだ」

「現場にいたほかの人はどうです？　看護師とか……」

「ナースは医者よりもずっと立場が弱い。決して話したがらないだろうな。もし、ナースが病院に不利なことを警察に漏らし、そのことがばれたら、クビだけじゃ済まない」

「クビだけじゃ済まない？」

「医者同士というのは、独特のネットワークを持っている。医師会やら学会のつながりもある。病院や医師に対して不利なことをしゃべったナースを雇いたがる病院はない」

「再就職の道が閉ざされるというわけですか？」

「そういうことだ」

「でも、誰かにしゃべってもらわなければなりません。内部からの情報に頼るしかないんです」

赤城はむずかしい顔で考え込んだ。

「案外、内部告発者は見つかるかもよ」

青山が、その場にそぐわない脳天気な声で言った。

赤城と百合根は同時に青山を見た。

「どんな組織にも、不満を抱えている人間はいる。それが問題を抱えているような組織ならなおさらだ」

赤城は青山に言った。

「生活をなげうってまで内部告発しようというやつは、そうそうはいない」

「義憤や社会正義を期待しているなら、だめさ。そういう動機で内部告発する人は少ない」

「じゃあ、何に期待すればいいんだ？」

「個人的な怨みを抱いている人。自分が属している組織に一矢報《いっし》いてやりたいと考えている人さ」

「なるほど……」山吹が言った。「個人的な感情というのは、社会正義などよりも、ずっと生々しいですからな」

「どうやって探すつもりだ？」壕元が言った。「病院に個人的な怨みを抱いている内部の人間を」

百合根はこたえた。

「地道に聞き込みをするしかないでしょう」

「警察が行けば、みんな口を閉ざしてしまう」

「何かしゃべってくれる人が現れるまで、聞き込みを続けるんですよ」

壕元は皮肉な笑いを浮かべた。

「あまり戦略的とは思えませんね」

百合根は言った。

「何かいい手があれば、採用しますよ」

壕元は、薄笑いを浮かべたまま目をそらした。どうやら、本気で考えるつもりはないらしい。

「病院のあちらこちらに、盗聴器でも仕掛けたらどうです？　病院に不満を持っているやつが探り出せるかもしれません」

「盗聴器なんて仕掛けられるわけないでしょう。それこそ違法捜査になってしまいます」

「それ、案外いい手かもよ」

青山が言った。百合根は青山を見た。

「ばか言わないでください。盗聴器なんて論外ですよ」

「盗聴器じゃなきゃいいんでしょう？　ＳＴに盗聴器の代わりになるメンバーがいるじゃない」

一同が翠に注目した。

翠は小さくため息をついた。

「人を盗聴器呼ばわりしないでよ」

百合根は、青山の提案の現実性について考えた。たしかに、翠が病院内を歩き回るだけだったら、違法捜査にはならない。病院内で交わされる立ち話や、噂話の類をたまたま耳にしたというだけのことだ。ただ、その耳がちょっと普通ではないが……。

「案外、いけるかもしれませんな」山吹が言った。「ただ、病院内を歩き回るだけで、入院患者同士の噂話から、井戸端会議の内容まで聞き取れるでしょうからね」

翠が言った。

「病院内をうろついていたら、怪しまれるんじゃゃない？」

「いや」赤城が言った。「病院の連中は皆忙しい。誰が歩き回っていようが、気にはしないだろう」

「やれというなら、やりますけどね。他人の話に聞き耳を立てるのは、あまりいい気分じゃないわね」

「ほかにいい手は思いつきません」百合根は言った。「お願いします」

「しょうがないわね」

「そういうことなら、俺がいっしょに行ってもいい」

壕元が言った。彼の魂胆は丸見えだった。何とか翠と二人きりになろうというのだろう。

翠はぴしゃりと言った。

「お断りよ。一人でいい」

9

夕刻になり、まず市川が小会議室に戻ってきた。

「令状《オフダ》が下りたよ。これを病院側に提示すれば、カルテのことを検討できる。レセプトと処方箋も提出させられるだろう」

それからほどなく、菊川も京和大学病院から戻ってきた。

「まるでハマグリだな」

百合根が尋ねた。

「何です、それ……」

「病院の職員だよ。貝みたいに口を閉ざしている」

「内部告発をしてくれそうな人を探そうという話になりましてね……」

「なんだ、それは……」

菊川に尋ねられて、百合根は昼間に話し合ったことを伝えた。

話を聞いた市川は、困惑した表情で菊川を見た。菊川は、しばし考えてから言った。

「悪くないかもしれねえな……。やってみる価値はある。何か耳よりの話が聞ければめっけもんだ」

百合根は翠に言った。

「明日からさっそく病院に行ってください」

「どんなところを歩き回ればいいの？」

その問いに青山がこたえた。

「人の気が緩むところ。職員のトイレなんかがいいね」

「トイレね……」

「それから、更衣室とか……」

「盗撮に行くわけじゃないのよ」

「心理的には盗撮と同じだね。つまり、無防備になる場所がいい」

「まあ、適当に歩き回ってみるわ」

そこに、制服を着た品川署の係員がやってきて伝えた。

「あの、赤城さん、おられますか？」

赤城はこたえた。

「俺だが」

「お客さんです」

「客……？」

「はい。平戸さんとおっしゃる方です」

赤城は、眉をひそめた。みんなが赤城に注目した。菊川と市川は、厳しい眼を向けている。壕元は、明らかに興味本位で赤城の出方を待っていた。

赤城は言った。

「わかった。すぐに行く」

制服の係員は、うなずいて戸口の向こうに消えた。

「まずいな……」菊川が言った。「昔の知り合いなんだろうが、捜査中だからな……」

「わかっている。一人で会うつもりはない。キャップ、いっしょに来てくれ」

「僕がですか？」

「立ち会ってくれればいい。俺が捜査情報を漏らしたらまずいだろう。変な疑いをかけられたくないしな」

「俺も行こう」菊川が言った。「おまえさんや警部殿を信じていないわけじゃないが……」

赤城は菊川に返事をせずに席を立った。

平戸は一階の受付前にある椅子に腰掛けていた。赤城を見ると立ち上がった。

そして、菊川と百合根がいっしょなのを見て、少々戸惑ったような表情を見せた。

赤城が言った。

「捜査中だ。二人きりで会うことは避けたい」

平戸が言った。

「わかった。忙しいところ済まんな」

「用件は？」

「いや、久しぶりに会ったので、懐かしくなってな……」

「昔話でもしようというのか？　病院が訴えられているというのに」

平戸は、ごまかすように笑いを浮かべた。

「それはそうだが、その後、おまえがどうしているか気になっていたんだ。まさか、警察にいるとはな……」

「病院には就職できないからな」

「医局を飛び出したおまえが悪いんだ」

「そんな話なら、する気になれない」

平戸は、目を伏せた。

「すまん。俺たちはおまえをかばえなかった……」

「関係ない。特に用がないのなら帰ってくれ」

「落ち着ける場所で話ができないか？」

「おまえには業務上過失致死の疑いがかかっているんだ。少しは自覚してもらいたいな」

「訴えられた事実は認めている。だが、俺はミスは犯していない」

「その点については、捜査が進むにつれてはっきりするだろう。とにかく、俺には話すことなどない」

赤城はそう言うと、部屋に戻っていった。

百合根と菊川は、取り残された恰好の平戸を見ていた。菊川が言った。

「せっかくいらしたんだ。ちょっとお話をうかがえませんかね？　先日は、とんだ邪魔が入ってしまった」

平戸は、挑戦的な眼差しで菊川を見た。

「邪魔というのは、大越教授のことですか？」

「そう。あなたにとって、どんなに偉い人でも、質問の邪魔をしたことには変わりありません」

平戸は、しばらく考えていた。

「任意の取り調べにはこたえる必要はないと言われているのですが……。私にはやましいことはありません。いいでしょう。何が訊きたいのです？」

「場所を変えましょう」

菊川が言った。百合根は、平戸を取調室に連れて行くものと思った。

「外に出て、一杯やりながら話すというのはいかがですか？」

その一言は百合根を驚かせた。平戸も意外だったに違いない。ぽかんとした顔でこたえた。

「かまいませんが……」

菊川はうなずいた。

「じゃあ、ちょっとここで待っていてください。帰り支度をしてきます。警部殿、あんたも来てくれ」

その言葉に従うしかなかった。

＊

菊川は、平戸と百合根を、先日入った居酒屋に連れて行った。この間と同じ席に陣取ると、ビールを注文した。平戸と百合根もビールを頼んだ。菊川が適当につまみを注文する。はたから見れば、仕事帰りのサラリーマンが一杯やっているように見えるかもしれない。

平戸は、少々緊張しているように見える。私服の警察官二人と向かい合っているのだ。緊張して当然だろう。なぜか、百合根も緊張していた。これから菊川が平戸に何を尋ねるのか予想できなかった。

ビールのジョッキをぐっと傾けると、菊川は平戸に言った。

「赤城とは、どういう関係なんですか？」

「同期の研修医でした」

「ほう。それは奇遇ですな……」

「大きな大学ですからね。研修医の数も少なくない。奇遇というほどでもありません」

「なるほど……。同期の医者もたくさんいるということですか……」

「大勢いますよ。大学病院に残った者、公立の病院に行った者、民間の病院に就職した者、開業した者……。いろいろです。でも、警察に就職したのは、赤城だけですね」

「まあ、そうでしょうな。赤城に聞きましたよ。大学の医局というのは、なかなかすごいところのようですね」

平戸は、とたんに暗い表情になった。百合根は、その表情の変化が気になった。平戸は、医局を支える重要な立場にあるはずだ。大学の講師というのは、警察で言えば巡査部長のようなものだと、赤城が言っていた。現場を支えるのが巡査部長だ。ならば、自分の立場に誇りを持っていて当然だという気がした。大学に残り、講師になったということは、医師としての将来を物語っているのではないだろうか。だが、彼の表情は暗く沈んでいた。

「医局に問題点があることはわかっています。教授に権力が集中して、そこに利権も生まれる。患者は、有名な教授に百万単位の金を払うこともあるのです。医局というのは政治家の世界とよく似通っています。病院からの接待もある。どこの病院だって、優秀な医者を回してほしいですからね」

百合根は、意外に思った。平戸は、医局の問題点を指摘している。本来なら医局という制度を弁護しなければならない立場なはずだ。

「赤城と仲がよかったのですか?」

菊川が尋ねた。

平戸は虚をつかれたように、一瞬菊川を見つめた。

「特に仲が良かったというわけではありません。研修医のときは、ローテーションを組みます。私と赤城は、別のローテーションで回っていましたから、研修医時代にはそれほど話をしたことはありませんでした。でも、研修医というのは、独特の仲間意識があるんです。戦友と言ってもいい」

「戦友……?」

「そう。まさに、研修医の生活は戦争そのものです。最前線の新兵ですね」

「ほう……」

「研修医の給料って、どれくらいか知っていますか?」

「いいや」

「私の時代は三万円ほどでしたね。今でもそれは変わっていません」

「三万円……。それは週給ですか? それとも日給?」

平戸はほほえんだ。

「月給ですよ」

百合根は驚いた。医者というのは、金持ちという漠然としたイメージがある。いくら見習いといっても月に三万円というのはひどすぎる。

「しかも、研修医は夜勤もこなさなければならない。救急病棟で待機しているのは、たいてい研修医です。一日三時間ほどの睡眠で激務をこなす。まさに医者の不養生ですね」

「睡眠が三時間……」菊川が言った。「それじゃあ、ミスも犯す……」

「そのために監督医がいるのです。経験を積んだ医師が監督医として研修医を指導する。加療の判断は必ず監督医がすることになっています」

「研修医たちは、どうやって生計を立てているのですか？　今時、学生だってアルバイトでもっといい暮らしをしています」

「親に面倒を見てもらっている者もいます。先輩からアルバイト診療を紹介してもらう者もいます。救急指定病院で、一日夜勤をこなせば、十万円くらいもらえます。給料の三ヵ月分です」

「しかし、その分また睡眠を削ることになる……」

「医者は誰でもそういう経験を経ているのです」

「お話を聞くと……」菊川は、うなるように言った。「とても人の命を預かっているところとは思えない」

「それが現状です。病院に対する医者の数が足りないのです」

「まあ、それはいずこも同じですね。警察も常に人手不足に悩んでいる。犯罪は増加する一方なのに、年々予算が削られて、警察官の増員など望めない。私ら、いつも手一杯ですよ」

「今回のようなことを事件にするからです。ほかに重要な事件があるでしょう」

「この事案だって、重要な事件ですよ」菊川は、念を押すように言った。「赤城も言ったが、業務上過失致死なんだ。人一人が死んでいるんです」

平戸は押し黙った。

菊川は続けた。

「日本の医療制度や病院の体制に問題があることは理解できますよ。だからといって、業務上過失致死が許されるわけではありません」

「起訴などできない。病院側の対応に落ち度はなかった。私はそう信じています」

菊川はため息をついた。いつしか、彼のジョッキが空になっていた。平戸は、ちょっと口を付けただけだった。百合根のジョッキも三分の二以上残っている。だが、すっかり泡が消えていかにもまずそうに見えた。

「あなた、今、こう言いましたね。救急病棟で待機しているのは、たいてい研修医だって。あの夜もそうだったんですか？」

平戸は、目を伏せた。そして、おろおろと視線を動かした。調子に乗ってつい失言をしてしまったことを悔いているのだろう。

「どうなんです？」

菊川が尋ねた。平戸は、顔を上げた。

「たしかに、その夜当直していたのは、研修医です」

百合根が確認を取った。

「達川洋次《ようじ》という研修医ですね？」

平戸はちょっと驚いた顔で百合根を見た。警察の情報収集能力に驚いたのだろうか。だとしたら、平戸は警察を過小評価していたことになる。

「そうです。たしか、達川君が夜勤だったはずです」

「患者は意識を失うほどの重症だった。当然、担当医のあなたのところに連絡が入りましたね」

「そのへんの経緯については、お話しできません」

「口止めされているのですね」

「もし、裁判になったら、不利な証拠として使われる恐れがある。そう言われています」

「それは、通常逮捕後の発言のことなんですがね」

「任意の取り調べでも、警察はどういうふうに利用するかわからないと聞きました」

「誰に口止めされているのですか？」

「病院には、法務担当の部署もありますし、顧問弁護士もおります。そうした部署から指示があります」

「大越先生は何と言っています？」

「大越先生は関係ありません」

平戸はちょっとあわてた様子だった。彼は、誰よりも大越教授を恐れているようだ。警察よりも大越教授が恐ろしいらしい。どうも、警察を甘く見ているようだと百合根は思った。特に、菊川のような刑事を甘く見ると、必ず痛い目にあう。

それを教えてやるべきかどうか迷っていると、菊川が口調を変えて言った。

「赤城は、どんなやつでしたか？」

平戸は、厳しい表情のままでこたえた。

「とにかく、熱血漢でしたよ」

「ほう……、熱血漢……」

菊川が意外そうに言った。

　百合根も同感だった。今の赤城からは想像もつかない。

「ええ。情熱に燃えていました。彼は、医者としての理想を追い求めたいと考えているようでした。赤ひげのような医者ですよ。私利私欲を求めず、庶民の治療のために身を粉《こ》にして働く……。だから、研修医のときも泣き言一つ言いませんでしたよ」

「優秀だったんですか？」

「ええ。悔しいことに、彼の成績は常にトップクラスでしたね」

「悔しいことに……？」

「当然です。研修医は戦友であると同時に皆ライバルなんです」

百合根は、医者の理想を追い求めて奔走する若い頃の赤城を想像してみた。だが、どうしてもその姿を思い描くことができなかった。ともすれば厭世的な態度になる、今の赤城とそのイメージは乖離《かいり》が大きすぎる。

「だが、赤城には医者として重大な欠点があったはずだ」菊川が言った。「対人恐怖症だ」

平戸はうなずいた。

「そう。大学に入るまでにそれは克服したと言っていました。しかし、完全にぬぐい去れるものではありません」

「医者になるに当たって、支障はなかったのですか？」

「学部時代の勉強は、知識の詰め込みです。医師免許の試験も、その知識を試すペーパーテストなのです。だから、医者になること自体には影響はなかったのでしょう。しかし、研修医となると事情は変わってきます」

「なるほど……。初めて、直接患者と向き合うことになるというわけですね」

「そう。研修医は緊張の連続です。特に内科は、問診が重要ですから、患者と話をしないわけにはいかない。その上、肉体的には常にくたくたに疲れている。そうした激しいストレスが、赤城をさいなみ、克服したはずの対人恐怖症がまた顔を出しはじめました」

「それでも、彼の成績はトップだった……」

「無理に無理を重ねたのでしょう。それがある日、限界に来てしまった」

「何があったのです？」

平戸は、言いよどんだ。

「本人から聞いたほうがいい」

「あいつは話してはくれません。じっと自分の過去の汚点を抱いて、一人で生きていこうとしている」

平戸の表情がふと、わずかだが穏やかになった。

「そう。あいつはそういうやつでした。今でもそうなのでしょうね。それが、あいつを追いつめたのでしょう。おそろしく不器用なやつなんです」

「あなたは、さっき、警察署の玄関でこう言った。俺たちは、おまえをかばうことができなかった、と。あれはどういう意味だったんですか？」

「そのままの意味です。とにかく、あいつは優秀だった。そして、やる気満々の研修医だったんです。当然、各医局は彼に注目しました。しかし、今言ったように、彼は幼い頃の対人恐怖症が再発して苦しんでいたのです。それでも彼は戦い続けた。彼には、医者としての理想があったからでしょう」

「何か事件が起きたのか？」

「研修が終わりに近づいたある日、彼は大越教授から直々に、内科の医局に入るように言われたのです。それは、たいへんな名誉でした。大越教授は、着々と主任教授への道を上り詰めていました。つまり、医局の最高権力者の立場が約束されていたのです」

菊川はうなずいた。

「その話は、赤城から聞いた。赤城はその誘いを断ったのだろう？」

平戸は、深刻な表情で菊川を見た。

「断らざるを得なかったのです。一人の研修医がミスを犯しました。入院患者の点滴に混ぜる抗生剤の単位を間違えて看護師に指示したのです。それが、ちょうど赤城がローテーションを終えてその研修医に引き継ぎをした直後だったのです」

「患者はどうなったんだ？」

「監督医がすぐにミスに気づいて、事なきを得ました。患者もすぐに回復しました。しかし、ミスはミスです。そして、研修医というのは、常に評価を気にしています。ミスを犯すというのは、取り返しがつかないほどのマイナスポイントになります。その研修医は、まずナースに罪をなすりつけようとしました。ナースは、解雇されそうになりました。それを知った赤城が、ミスを犯した研修医に自分のミスを認めろと詰め寄ったのです。赤城は、熱血漢で正義漢でした」

「だが、その研修医は、ミスを認めなかった……」

「そう。あろうことか、赤城のミスということになってしまった」

「どうしてそんなことになったんだ？」

「引き継ぎのタイミングと、ナースに指示をしたタイミングをちょっと入れ替えたのです。大越教授は激怒し、赤城を怒鳴りつけました」

「そのとき、赤城はどうした？」

「一切言い訳はしませんでした。赤城は、自分が言い訳をすれば、ナースが解雇されることを知っていたのです」

「かっこつけて犠牲になったってのか？　自分の将来を捨ててまで……」

「彼は、内科医としての限界を感じていたのかもしれません。対人恐怖症は悪化し、そのころは私たちとも滅多に話をしなくなっていました。限界に来たと言ったのはそういう意味です。それで、自分は身を引くことを考えたのでしょう。赤城は、内科の医局には入れないと、自ら大越教授に言いました。それが、大越教授の怒りの火に油を注ぐ結果になりました。教授は手を回して、赤城がどこの医局にも入れないようにしました。それくらいの力がすでに彼にはあったのです。それはつまり、京和大学病院にはいられないことを意味していました」

「だが、赤城は新たな道を見つけた」

平戸はうなずいた。

「法医学教室の石上拓三教授に拾われたのです。もともと赤城は優秀な研修医でしたから、法医学教室でもめきめき頭角を現しました。しかし、やがて、石上拓三教授が亡くなります。そうなると、もう誰も赤城をかばう者はいない。赤城は病院を去らねばなりませんでした」

「それで、科警研に来たというわけか」

「病院を辞めてから、あいつは私たちとは一切連絡を取りませんでした。だから、病院で再会して、警察にいると聞いたときは驚きましたよ」

百合根は、赤城のたった一人の戦いのことを思いやった。苦しい戦いだったに違いない。彼の医者としての理想はどこかで打ち砕かれたのだろうか。それとも、彼はまだその理想を抱き続けているのだろうか。

百合根は、後者のように思えた。その情熱は、赤城の心の奥底で熾火《おきび》のように静かに燃えているのかもしれない。それが、無意識のうちに鑑識のような専門的な知識を持つ人々をひきつけ、活き活きとさせるのではないだろうか。

菊川が尋ねた。

「そのミスを犯した研修医っていうのは、もしかして、あなたじゃないんですか？」

平戸は、悲しげなほほえみを浮かべた。

「それはご想像におまかせします。ただ、私たちは誰一人赤城をかばおうとしなかった。自分の成績のことで頭が一杯だったのです。赤城は優秀だった。彼が脱落すれば、自分が有利になる。研修医たちは、みんなそう考えていたんです」

「一つ訂正しておきますがね。そんなのは戦友とは呼ばない」

平戸はうなずいた。

「そうかもしれません。しかし、それが研修医の世界です。そうやってみんな医者になっていくんです」

しばらく沈黙が続いた。

平戸と菊川はそれぞれの考えに沈んでいる。百合根も、赤城が一人で背負った苦しみについて考えていた。対人恐怖症と戦いながらも、優秀な成績を維持していた。

そして、同僚のミスをかぶってまで、ナースを救おうとした。いや、結果的にそうなったのかもしれない。彼は、自分の罪を晴らすために他人と議論するのに耐えられなかったのではないだろうか。

菊川が沈黙を破った。

「最後に一つだけ訊いておかなきゃならないことがある」

平戸は眼を上げた。今は穏やかな眼をしていた。

「何でしょう？」

「あなたくらいの立場になると、ほかの科の診察が必要だと思ったら、すぐにその場から患者を回せるのでしょう」

「そうすることもあります」

「武藤嘉和の場合はどうしてそうしなかったのです？」

平戸の眼にたちまち、困惑と警戒の色が浮かんだ。

「緊急性を感じなかったからです」

「だが、その日のうちに、患者は悪化したのです」

「言いませんでしたか？　ＳＪＳは、発症のメカニズムがいまだに解明されていない。その時点での予測はできませんでした」

「その場で皮膚科に回していたら、もしかしたら、被害者は助かったかもしれない」

「医療にもしもはありません。結果がすべてです。あのときは、特に緊急性を感じませんでした」

「それは、判断ミスではないのですか？」

「病院の安全管理委員会でも取り上げられましたが、問題はないということになりました」

「すでに病院内部の問題ではありません」

平戸は、小さくかぶりを振ってから言った。

「あの患者が紹介状を持って来ていれば……」

「どういう関係があるのです？」

「紹介状があれば、紹介者への考慮もあるので、多少無理してでも、皮膚科の割り込み診察をさせたかもしれません。しかし、どこの科も混み合っているのです。できれば、割り込み診察は避けたい」

「紹介状のあるなしで、診察に差が生じるというのですか？」

「そうです。それが大学病院なのです」

菊川は再び押し黙った。

話は終わった。菊川は勘定を頼み、きっちりと三人分に割った。

「これくらいなら、私が払いますよ」

平戸が言うと、菊川は厳しい表情で言った。

「贈賄の罪に問われますよ。今、あなたはそういう立場だ」

平戸は、ひどく気まずそうな顔になった。彼は、別れの言葉をつぶやくと駅のほうに向かって歩き出した。

店の前にたたずみ、その後ろ姿を見ていた菊川が言った。

「赤城の話とちょっと違っていたな」

「言い訳をしたくなかったんでしょう」

「あいつ、かっこつけやがって……」

そのとき、百合根はふと気づいた。

「赤城さんは、ナースをかばったのですね」

「そうらしいな」

「そのナースは、そのことを知っていたでしょうね」

「知っていただろう」

「ならば、その人は少なくとも、赤城さんの敵ではないはずです」

菊川が百合根を見つめた。

「そいつは悪くない思いつきだな、警部殿。まだ、そのナースが病院につとめていれば、の話だが……」

「赤城さんに尋ねてみましょう」

「あいつは嫌がるぞ。過去には触れられたくないはずだ」

「割り切ってもらうしかありません」

百合根は言った。「この捜査に加わりたいと言い出したのは、赤城さんなんです」

10

翠は朝から病院に行っていた。人間盗聴器というのは、本当に違法捜査にならないのだろうかと、ぼんやり考えていると、赤城がやってきた。昨日、平戸の話を聞いたせいだろう、何だか少し印象が違って見えるような気がした。STのほかのメンバーはまだやってきていない。警察官の朝は早い。刑事はたいてい早出する。

「赤城さん」百合根は声をかけた。「捜査会議の前にちょっと話があるのですが……」

菊川が百合根のほうを見ていた。眼が合うと、菊川はかすかにうなずきかけた。

「何の話だ？」

赤城が聞き返したので、百合根はこたえた。

「ちょっと、廊下に出ましょう」

赤城は怪訝そうな顔をした。廊下に出ると、百合根は言った。

「昨夜、あれから平戸さんにいろいろと話を聞きました」

赤城は苦い顔をしたが何も言わなかった。

「赤城さんが、内科の医局に入らなかった経緯について、詳しく聞きましたよ」

「何の話だ？」

「ほかの研修医のミスをかぶったのだそうですね。ナースを助けるために……」

赤城はますます苦い顔になった。

「別に助けようと思ったわけじゃない。面倒くさかっただけだ」

百合根はうなずいた。

「対人恐怖症が再発していたのですね。人と話をしたくなかった。そして、どうせ、内科医は自分には無理だと思っていた……。そういうことですか？」

「キャップ」赤城は苛立った様子で言った。「そんな話をするために俺を廊下に呼び出したのか？」

「そのときのナースは、あなたに恩義を感じているかもしれない」

「どういう意味だ？」

「僕たちは、病院内に味方がほしいのです」

「内部告発の話か？」

「その人に、内部告発してほしいと言っているわけじゃありません。何か情報がほしいのです。協力してくれそうな人を教えてもらうだけでも助かるんです」

「貸しがあるから、それを返せというわけか？　キャップ、俺にそんなことができると思うか？」

「あなたにやれとは言っていません。そのナースの名前を教えてくれればいいんです」

赤城は、怒りに目を光らせた。

「俺たちは、人の弱みにつけ込まなければならないほど追いつめられているのか？」

「捜査に参加したいと言ったのはあなたですよ。捜査となれば、どんな手段を使うかわからない。それくらいのことは、先刻承知でしょう。有力な情報源になりそうな人がいたら接触するのはあたりまえのことです」

赤城は、鋭い眼で百合根を見据えながら、黙っていた。

百合根は、ひるんでしまいそうになるのを必死で踏ん張っていた。

「個人的な問題で捜査に支障を来すことはないと、あなたは請け合ったのです。でも、こうして一つの可能性をつぶそうとしている」

「そいつは逆だ。俺は、捜査に個人的な人間関係を持ち込まないと約束したんだ。だが、キャップは、俺の個人的人間関係を利用しようとしている」

百合根は、赤城の言い分が正しいような気がしていた。たしかに立場が逆ならばおもしろくないだろう。百合根はしばらく考えた。ほかにも協力者を探す手はあるだろう。結局、折れることにした。

「わかりました。僕は、ただ負けたくなかったんです。病院側はどうせ起訴に持ち込めないと高をくくっている様子です。捜査員の中にまで、最初から諦めているやつがいる。それで、むきになっていたのかもしれません。冷静になって考えてみれば、赤城さんの言うとおりかもしれません」

赤城は眼をそらしていた。

そこに、山吹がやってきた。

「おや、どうしたんです？　こんなところで……」

赤城がこたえた。

「何でもない」

「そうですか」

山吹はそれ以上何も訊かずに部屋に入っていった。

「そろそろみんなが顔を揃えます」百合根が言った。「中に入りましょう」

赤城は、百合根のほうを見ずに言った。

「捜査員に会いには行かせない」

百合根は赤城を見た。

「そのナースのことですか？　わかりました。そのことはもういいです」

「城間《しろま》知美《ともみ》というんだ」

「え……？」

「その看護師の名だ。捜査員ではなく俺が行く。キャップも同行してくれ」

百合根は驚いて赤城を見つめていた。何か言おうと思った。だが、考えているうちに赤城はさっと背を向けて部屋の中に入っていった。

なんだか、赤城にひどく悪いことをしたような気がして、百合根はしばらく廊下にたたずんでいた。

＊

「さて、正規の手続きも済んだ」市川が言った。「レセプトも手に入れた。処方箋は探し出すのに、まだちょっと時間がかかるそうだ。カルテの検討に入ろう。赤城さん、説明してもらえないか？」

赤城はカルテを手に取った。それから、しばらく眺めていた。

うながすように市川が言った。

「何か問題点はあるかね？」

「先日も説明したように、まず初診担当の医者が、症状を列記している。発熱、食欲の不振。そして、熱計、三十九・五度。薬物アレルギーが一プラス」

「一プラスというのは、どの程度を示しているんだね？」

「通常、疑いありという程度だな。三プラスとなると、はっきりした兆候を示す」

「それから……？」

「内科の担当医の記述だ。それほど多くはない。関節の痛みを訴えていると書かれている。咽頭部の視診の結果は、多少の炎症あり。胸の音は異常なし。触診の結果はリンパ腺の腫れがプラスマイナス。それから、薬の処方が書いてある。抗生剤と消炎剤。平戸が言っていた薬と一致している」

「診断は？」

「インフルエンザだ。問題は、問診の結果や視診、聴診、触診の結果の筆跡と、処方を記している筆跡が違うということだ」

「筆跡が違う……」

「そう。このカルテには三種類の筆跡が見られる。それ自体は珍しいことじゃない。

初診担当の医者と、それから振り分けられて受診する各科の担当医は違うから、当然筆跡も違う。問題は、同一日の診察の途中で筆跡が変わっていることだ」

「そういう場面に私らも出くわしたな……」

市川が百合根に言った。百合根はうなずいた。

「平戸医師に話を聞いているときに、大越教授が現れて……。平戸医師は、大越教授の回診に同行し、代わって、研修医の小山省一がやってきて診察を始めようとしました」

赤城は百合根のほうを見ずにうなずいた。

「大学病院ではよくあることだ」

百合根は、赤城が自分のほうを見ずにこたえたことを、ちょっと気にした。やはり、怒っているのだろうか……。

「じゃあ、被害者の診察のときも、同じことがあったと考えていいな」菊川が言った。「つまり、診察を途中で誰かと代わったんだ」

「確認を取る必要がある」市川が言った。「平戸医師の筆跡と小山省一の筆跡を入手したいな」

「それくらいは、朝飯前でしょう」

塚元が言った。市川はうなずいた。

「じゃあ、君がやってくれ」

塚元は言わなけりゃよかったという顔でむっつりと口を閉じていた。

市川は、さらに赤城に尋ねた。

「薬の処方には問題ないのかね？」

「間違いとは言えないが、危険がないわけじゃない。その点は、そこにいる薬学者の坊主と、ちょっとやり合ったがね……」

市川と塚元は、山吹を見た。

山吹はあくまで、飄々《ひょうひょう》とした態度で言った。

「消炎剤について、ちょっと意見が食い違いましてね。その医者は、ジクロフェナクナトリウム剤を処方しています。これは、インフルエンザ脳炎・脳症の患者に対して投与すると、死亡率が高まる恐れがあるとして、使用をひかえたほうがいいといわれている薬です」

市川が眉をしかめた。

「よくわからんが、つまりインフルエンザには、その薬を出さないほうがいいということなのか？」

「普通の大人のインフルエンザなら問題はありません。子供のインフルエンザには注意する必要があるでしょうが……。大人には、どこの病院でも処方している薬ですよ」

「その点で過失を問うわけにはいかないということだな」

市川が尋ねると、山吹はうなずいた。

「過失ではありませんな」

「じゃあ、薬の件をつつき回しても仕方がないな。再診のときはどうなんだ？」

「再診では、発疹のことが記録されてる。熱計は三十七・二度。咽頭部の腫れは二プラス。口内炎と書かれている。再度、消炎剤を処方している。そして、ビタミンB群も処方した」

「それについての、あんたの意見はどうだ？」

「SJSでは、粘膜に水疱ができることがある。口の中に水疱ができていたのかもしれない。それをこの医者は、口内炎と診断し、そのためにビタミンB群を処方した」

「過失は問えるかね？」

赤城は、しばし考えてから首を横に振った。

「このカルテについては、民事のときにカンファレンスで検討された。三人のうち、二人は問題なしという見解だった。それが通常の反応だと思う」

「三人のうち二人？」市川は尋ねた。「つまり、あんた以外ということか？」

「そうだ。俺はＳＪＳの兆候を単なる口内炎と誤診したのだと考えた。だが、ほかの二人はある根拠を持って、それを問題なしとした」

「ある根拠とは？」

赤城は、カルテをみんなが見えるようにテーブルの前に押しやった。そして、手を伸ばしてカルテの一点を指差した。

「ここに書かれている。ＳＪＳという文字だ」市川はそれを目を細めて見つめた。

菊川が言った。

「被害者の奥さんに話を聞いたときに、そのことについて言っていたな……。その文字は後から書き加えられたものかもしれないと……。他の字は走り書きのように見えるのに、その三文字だけが、妙に丁寧に書かれているような気がすると……」

市川がうなずいた。

「そうだったな。奥さんはカルテの改ざんを疑っていたらしいな。だが、裁判ではそれは認められなかった……」

赤城はうなずいた。

「民事の裁判では、これが改ざんだということを疑うに足る事由が見つからないということになった」

「逆にカンファレンスでは、その文字があるから、診療内容に問題なしということになったと言ったね？」市川が赤城に尋ねた。「それはどういうことなんだ？」

「複数の医者がカルテに書き込んでいることが、かえって問題を隠してしまった。口内炎とある医者が判断したが、別の医者がＳＪＳの疑いもあると書き加えた。つまり、複数の医者が多角的に判断したものであり、妥当性が高まっているということになった」

「はは……」青山が言った。「意図的に善意に解釈しているね。マイナス要因を寄せ集めて、プラス要因に変えている」

赤城はうなずいた。

「そういうことだ。カンファレンスの結果は、医療裁判では大きな影響力を持つ」

菊川が思案顔で言った。

「どうも、俺はまどろっこしいことは嫌いでな……。具体的に言うと、こういうことか？　初診の日、まずＡという医者が被害者を診て、内科に回した。内科でＢという医者が診察していたが、Ｂは中座して、Ｃという医者が診察を代わった。ここまではいいな？」

赤城がうなずいた。同時に、市川や百合根もうなずいていた。

「再診の日に診察したのは誰だ？　Bか？　Cか？　それとも、また別の医者か？」

赤城がこたえた。

「筆跡から見て、Cだ」

「じゃあ、Cが口内炎と判断したわけだな？　SJSと書き込んだのは誰だ？」

「ちゃんとした筆跡鑑定をしたわけじゃないが、Bだと思う」

市川がカルテを手にとって、仔細に眺めた。一度、顔に近づけてから、目を細めて離した。どうやら、老眼鏡が必要なようだ。

「筆跡については、これだけじゃ何ともいえんな……」

「別な根拠もある」

赤城が言った。市川が目を細めたまま赤城を見て尋ねた。

「何だね？」

「カルテにあるサインは、すべて平戸のものだ。最終的にカルテをチェックしたのは平戸だということだ」

菊川は、しかめ面《つら》をした。

「それがどういうことなのか、ちゃんと説明してくれ」

「あんたが言う医者のBというのが、平戸だとしたら、話の筋が通る。つまり、初診の医者Aが内科に被害者を回したときに、診察したのは、平戸だった。平戸が何かの用事で中座する。すると、平戸が監督している研修医の小山がやってきて、薬を処方した。小山が医師Cに当たる。再診のときは、最初から小山が診察をした。一度、診察をしたということで、平戸が小山に任せたのだろう。そして、小山はSJSを見逃し、口内炎と診断した」

「なるほど……」菊川が言った。「じゃあ、それを補うために、平戸がSJSと書き加えたのか？　それならば、カンファレンスのあんた以外の医者が考えたように、問題はない。研修医のミスをカバーするために監督医がいるんだろう」

「問題はそのタイミングだ」

百合根は思い出した。

「そう。平戸医師は、最初に話を聞いたときに言いました。SJS、あるいはTENに気づいたのは、患者が救急車で運び込まれたときだったと……」

「だから、カルテにそれを書き加えたのか？」

市川が言った。

「それも、まったく問題にならない。多少判断が遅くなったというだけのことだ。過失には当たらない」

菊川の言葉に対し、赤城が言った。

「救急車で被害者が運び込まれたときに、本当に平戸がその場にいたのならな……」

菊川は、思案顔で言った。

「患者が死んでから書き込んだ可能性があるということか？」

「俺はそう考えている。つまり、被害者の奥さんが言うとおり、カルテの改ざんだ」

「いくつかのことを確認しなければならない」市川が言った。「まず、筆跡の鑑定だ。そして、被害者が救急車で運ばれた夜に、平戸医師が病院にいたかどうか。それが明らかになれば、カルテが改ざんされたかどうかはほぼ明らかになるということだ」

「筆跡の鑑定なら、僕がやるよ」青山が言った。「僕の専門だからね」

百合根は、青山が自分から仕事を買って出たことに驚いていた。彼なりに、興味をそそられたのかもしれない。たしかに、青山は文書鑑定の担当だ。心理分析が彼の主な仕事だが、筆跡の鑑定なども手がける。

「ただし……」青山が付け加えた。「塚元さんが、ちゃんと二人の筆跡を手に入れてくれれば、の話だけどね。このカルテの文字だけじゃ、サンプルが足りない」

壕元が、ふてくされたような態度で青山に言った。

「何を取ってくりゃいいってんだ?」

「住所と名前だけでいい。それだけあれば、何とかなる」

「はいはい」

壕元は、面倒くさげにこたえた。

彼は、人間嘘発見器にかけられてから、すっかりおとなしくなったものの、態度は相変わらずだった。今に菊川が爆発するのではないかと、百合根はひやひやしていた。百合根自身だって、いい気分ではない。壕元が最も反感を抱いている相手は、おそらく百合根なのだ。自分より若いキャリアの警部。それだけで、壕元のコンプレックスを刺激するのだろう。

「よし、とにかく嗅ぎ回ることだ」市川は言った。「叩き出されるまで、病院を歩き回ろうじゃないか」

11

黒崎と山吹の二人を品川署に残し、百合根たち一行はまた徒歩で京和大学病院に出かけた。黒崎と山吹の二人は、民事裁判の際に公開された文書や資料の山を、署で洗い直している。

百合根は、菊川に耳打ちした。

「僕と赤城さんは、例の件で……」

「ナースの件か?」

「はい」

「俺も行こうか?」

「いえ……。赤城さんが、僕だけ同行するようにと言ったので……」

菊川は、それを聞いて、ただうなずいただけだった。

赤城は、迷わず目的の場所に向かう。病院内を熟知しているのだから当然だ。百合根は、それを追った。赤城はまだ怒っているのだろうか。それが気になった。

赤城は二階に行き、長い廊下を進んで別棟にやってきた。そこは、外来の病棟とは少しばかり雰囲気が違っていた。入院病棟なのだろう。エレベーターホールがあり、そこの一画にナースステーションの窓口があった。白衣のナースたちが忙しく立ち働いている。みな、ナースキャップをしていない。それが、百合根には何だか物足りなく感じる。ナースキャップは、院内感染の原因になりうるので、最近では着用しない病院が増えていると、何かで読んだ記憶があった。

赤城が窓口で、城間知美の所在を尋ねようとした。その瞬間、ナースステーションの奥から、明るい声が響いた。

「あーら、赤城ちゃんじゃない？　赤城ちゃんだあ。久しぶりねえ」

百合根は、その声のほうを見た。ナースの制服を着た、やや太り気味の中年女性が満面に笑みを浮かべていた。

「片山《かたやま》さん……」

赤城がつぶやくように言った。すると、続いて別の方向から女性の声が聞こえた。

「赤城ちゃんですって？　あらま、本当だ」

三十代半ばのナースだった。

また別のところで声がした。

「なになに、赤城ちゃんが来てるの……」

これも三十歳を越えているナースだ。

「沢本《さわもと》さんに、金石《かねいし》さん……。ご無沙汰しています」

受付にいた若い看護師が、最初に声をかけてきた看護師に言った。赤城が片山と呼んだナースだ。

「婦長、お知り合いですか？」

片山はこたえた。

「こちらはね、ここで研修医をなさっていたのよ」

「婦長……？」赤城が片山に尋ねた。「婦長をなさっているのですか？」

「そう。月日が経《た》ちゃあ、偉くもなるわよ」

「それにしても、懐かしいわね」沢本と呼ばれたナースが言った。すらりとしていて、なかなか美人だ。「赤城ちゃんがいなくなって、みんな淋しがったのよ」

「あれから、どれくらい経ったかしらねえ……」

金石が言った。小柄で、愛嬌のある顔をしている。童顔で、いくつになっても変わらないタイプに見える。

「みんな、けっこう赤城ちゃんをマークしてたのにねえ……」

ナースが原因で、女性恐怖症に……？

話が違うじゃないか。百合根はそう思った。

赤城は、ナースたちが全員自分を蔑んでいるように感じたのだと言った。彼女たちの態度や話の内容からは、とてもそうは思えない。

だが、と百合根は思い直した。

周囲の反応と、本人が感じることは違う。赤城は当時、対人恐怖症を抱えていた。本人は、本当に蔑まれているように感じていたのかもしれない。精神的な失調の苦しみは、本人にしかわからない。他人が見てどうこう言えるものではないのだ。

「今、どこの病院にいるの?」

婦長の片山が赤城に尋ねた。

「いえ、病院にはつとめていません」

「あら、何をしているの?」

「警視庁の科学捜査研究所にいます」

「そう。赤城ちゃん、法医学教室にいたものね……。で、そちらは?」

「俺がいる班のキャップです」

「あら、警察の方……」

百合根は、頭を下げた。

「……ということは、お見舞いなんかじゃないわね」沢本が、好奇心に満ちた眼で赤城と百合根を交互に見た。「捜査なの？」

「ええ」赤城はこたえた。「ＴＥＮで亡くなった患者について……」

とたんに、片山の表情が固くなった。それはわずかな変化だったが、百合根は見逃さなかった。沢本と金石がちらりと視線を交わしたのにも気づいた。

片山は笑顔を作って言った。

「話は聞いているわ。病院が告訴されたんですって？　でも、あたしたちは何も知らないわ」

沢本と金石は口をつぐんでいる。赤城はうなずいた。

「城間さんに会いに来たんです。彼女は、まだここで働いていますか？」

「ええ……」婦長は言った。「でも、今日は夜勤明けで、帰ったわ」

「彼女の住所を教えてもらえますか？」

婦長の片山は、一瞬戸惑い、近くにいる沢本と金石を見た。沢本と金石の二人は、黙って片山のことを見ている。

片山は言った。

「人事課へ行けと言いたいところだけど、きっと人事課じゃ、なんだかんだ言って教えてくれないかもしれないわね。ちょっと待ってね……」

彼女は、窓口を離れると、部屋の奥にある戸口の向こうに消えた。再び現れたときには、手帳を手にしていた。私物の手帳のようだ。赤い革表紙の手帳だった。それを開くと、窓口にあったメモ用紙にボールペンを走らせた。そのメモを赤城に差し出した。

「これが住所と携帯の番号」それから、片山はほほえんで言った。「携帯の番号は悪用しちゃだめよ。彼女、まだ独身なんだからね」

赤城はメモを受け取り、頭を下げた。

「ありがとうございます」

百合根も片山に礼を言い、二人はナースステーションを離れた。

「こっちに、別の出入り口がある」

赤城が歩き出してしばらくすると、後ろから追いかけてくる足音が聞こえた。振り向くと、ナースの金石だった。丸顔のナースだ。

赤城は、立ち止まり、彼女を見ていた。

「赤城ちゃん」金石は声をひそめて言った。「捜査のことだけど……」

「何です？」

「あの……。あたしたち、お手伝いしたいんだけど、できないのよ。特に、片山さんは婦長という立場もあるし……」

赤城はほほえんだ。赤城の笑顔を久しぶりに見たような気がした。

「わかっています。気にしないでください」

「あのね」金石はさらに言った。「あたしたちは、本当にお手伝いしたいのよ」

「城間さんの住所を教えてもらえただけで、充分です」

金石も赤城につられるように、淋しげな笑顔を見せた。

「じゃあね」

金石は、来たときと同様に廊下を走り去って行った。ナースステーションに行くまで、二度振り返った。

「箝口令は、ナースにまで行き届いているということですね」

百合根が言うと、赤城はぶっきらぼうに言った。

「当然だろうな」

「城間さんに会いに行っても、何も聞けないかもしれませんね」

「キャップが言い出したことだ」

赤城は、ぼそりとそれだけ言った。やはり、まだ腹を立てているのかもしれないと、百合根は思った。

再び歩き出そうと振り向いたとき、廊下の向こうから翠が近づいてくるのが見えた。

「ずいぶん、ナースに人気があるじゃない」

翠は赤城に言った。

「聞いていたのか？」

「あの角の向こうでね」

そこまでは、二十メートルほどあるだろうか。

「本当に、人間盗聴器だな……」

赤城が言った。

「その言い方、やめてくれる？　けっこう傷つくのよね」

「何かめぼしい情報はあるか？」

「医者っていうのが、本当に嫌なやつらだということがよくわかったわ。ナースに嫌みを言ったり、怒鳴りつけたり……。中には、患者を怒鳴りつける医者もいるのよ」

「患者を怒鳴りつける……？」

思わず百合根が尋ねた。

「そう。患者さんは、ただ、この先どういう薬でどういう治療をするのかと尋ねただけなのに、突然怒鳴るのよ。医学の知識もないあんたに説明してわかるのか？　俺の治療が信用できないのなら、ほかの病院へ行け。こうよ」

赤城は平然と言った。

「教授クラスになると、よくあることだ」

「あたし、どんなに重病になっても、大学病院だけには入りたくないわね」

「朝から歩き回って、そんなことしかわからなかったのか」

赤城が言うと、翠はこたえた。

「本題はこれからよ。研修医の小山ね、被害者の奥さんと電話していたわ」

百合根は、眉をひそめた。

「小山が……」赤城が言った。「どういうことだ？」

「ぶらぶらと歩き回っていたら、小山を見つけたのよ。ほかに当てもなかったから、彼を尾行してたの。そしたら、彼のＰＨＳが鳴った。この病院では、職員の連絡用にＰＨＳを使っているのね」

「最近ではそういう病院が増えている。だが、そんなことはどうでもいい。おまえの話し方、青山に似てきたぞ」

「失礼ね。PHSの連絡は、外線がかかっているという知らせだった。小山は、近くの電話を取ったのよ。電話の相手に対して、小山は、武藤さんと呼びかけた」

「武藤という名の人はいくらでもいる。別人かもしれない」

「あたし、さりげなく近づいて、電話の相手の声を聞いてみた。そして、後で被害者宅に電話して声を確認したの」

「よけいなことは言わなかっただろうな」

「相手が出たら、すぐに切ったわ」

翠が言うのだから、間違いはない。

彼女の聴力は、声紋分析に匹敵すると、科捜研の職員が言ったことがある。

「小山は、被害者の奥さんと何を話していた？」

「いくらあたしでもそこまでわからないわよ」

「電話の向こうの声を聞いたんだろう？」

「あのね、ただ声を聞くのと話の内容を聞き取るのとは、わけが違うの」

赤城は考え込んだ。

百合根は、翠に言った。

「僕たちは、これから別の場所に出かけなければなりません。そのことを、菊川さんか市川さんに知らせてください」

「了解よ」それから、翠はくすりと笑って言った。「赤城ちゃんか……」

「うるさい」

赤城は翠の脇をすり抜けて、廊下を足早に歩きはじめた。

＊

城間知美の自宅は、大井町の駅から歩いて十分ほどのところにある、瀟洒《しょうしゃ》なマンションの一室だった。独身用の小さな間取りの部屋が並んでいるマンションのようだ。玄関はオートロックだ。

ここに来るまでの間、赤城は一言も口をきかなかった。機嫌を損ねたままなのかもしれない。あるいは、城間知美にどう話を切り出そうか考えているのかもしれない。

たしかに赤城にとってはおもしろくない再会になるかもしれない。

病院の箝口令が看護師にまで行き渡っていることがわかった。当然、城間知美もそれに従おうとするだろう。彼女は赤城に恩義を感じているかもしれない。だが、それを利用して彼女に無理やり何かをしゃべらせようとしたら、赤城が彼女に対して行った、いわば英雄的な行為は無に帰してしまうのだ。

百合根は、今さらながら後悔していた。

彼女には会いに行くべきではない。次第にそう思いはじめた。おそらく、会見は険悪なものになるだろう。

城間知美が、赤城に対して軽蔑の眼差しを向け、ののしる姿まで想像していた。

赤城は、メモを見てオートロックのドアの前にあるテンキーで部屋番号を打ち込んだ。しばらく、何の反応もない。赤城は同じことを繰り返した。

またしばらく待った。

もういい。帰りましょう。百合根がそう言おうとしたとき、インターホンから、不機嫌そうな女の声が聞こえた。

「はい……」

「赤城です。ご無沙汰してます」

百合根は、女の不機嫌そうな声を聞いて、さらに悪い想像をしていた。

「赤城……？」

「はい。以前、京和大学病院で研修医をしていた……」

機械的な音が響いて、ドアが解錠された。赤城がドアを開けてエレベーターホールに向かった。百合根は、暗い気分でそれに続いた。

これからの展開次第では、今後何遍赤城に謝っても、彼は許してくれないのではないか。百合根はそう思った。

もしかしたら、これをきっかけに赤城の対人恐怖症がまた再発するかもしれない。

二人は、城間知美の部屋の前までやってきた。赤城がチャイムを鳴らす。百合根は暗い気分でドアが開くのを待っていた。チェーンを外す音が聞こえる。次の瞬間、勢いよくドアが開いた。ドアが赤城の鼻先をかすめる。

もう少し近かったら、顔面にドアが激突していた。

まさか、それを狙ったわけじゃないだろうな……。

百合根はそんなことを思った。

「赤城ちゃん！」

声とともに誰かが飛び出してきた。百合根はぎょっとして、思わず身構えていた。

声の主は、赤城に抱きついた。

「しばらくねえ。いったい、どこで何をしていたのよ」

抱きついたままで言った。

「城間さん。ご無沙汰しています」

赤城はあくまで冷静だった。

城間知美は、黒のタンクトップに白いショートパンツという姿だった。五月に入り、いい陽気が続いているが、彼女の恰好はまるで真夏のように露出度が高い。栗色の長い髪をしている。化粧っけはないが、はっきりとした二重《ふたえ》で、眼がぱっちりとしており、驚くほどの美人だった。赤城でなくても救いの手を差し伸べたくなる。百合根はそんなことを考えていた。

城間知美がようやく赤城から離れた。

「上がってよ。お茶いれるわ」

「夜勤明けのところ、すいません」

「あら、病院に寄ってきたの？」

「片山さんに住所を聞いてきました」

「あーら、婦長ったら、いいとこあるわね。さ、上がってよ」

百合根は、この城間知美の愛想のよさがいつまで続くだろうかと思い、憂鬱な気分になっていた。

「失礼します」

赤城が靴を脱いで上がった。百合根は頭を垂れてそれに続いた。

1DKの部屋だ。一人暮らしの女性の部屋に上がるのは、なんだか少しくすぐったい気分だった。

ダイニングキッチンに白木《しらき》のテーブルがある。その奥の部屋にはベッドがあり、ベランダには洗濯物が干してあった。台所には、赤で統一されたままごとに使うような調理器具が並んでいる。カーテンは明るいブルーで、部屋の中はほどほどに整頓されていた。

城間知美は、タンクトップとショートパンツ姿のままで歩き回っている。翠のおかげで露出度の高い女性には慣れている。それでもやはり、ちょっと目のやり場に困った。

「そこに座って」

城間知美は、白木のテーブルを指差した。赤城は椅子を引いて腰を下ろした。

「こちらは、百合根。俺の上司です」

百合根は、頭を下げてから椅子に腰かけた。

「上司？　どこかの病院の人？」

城間知美は、台所で茶の用意をしながら、振り向いて尋ねた。

「警視庁です」

彼女の手が止まった。

「警視庁……。赤城ちゃん、警視庁にいるの？」

「科学捜査研究所の科学特捜班というところにいます」

「へえ……」

「TENで死んだ患者のことについて捜査しています」

「ああ、あの件ね」

城間知美は、長い髪をかき上げた。

百合根は、彼女が次にどういう反応を示すか、はらはらしながら見守っていた。

「何か、あたしに訊きたいことがあるの？」

城間知美はさばさばした口調で言った。赤城がこたえた。

「俺たちは、協力者を探しています」

「協力者……」

彼女は、笑みを浮かべた。妖艶な笑みだ。だが、皮肉な笑いとも取れる。やはり、拒否するだろうな。百合根は思った。

断られたら、説得など試みないでさっさと退散しよう……。

城間知美が赤城に近づいた。そしてテーブルに手をつき、ぐいと上体を赤城に近づけた。百合根のところからも、胸の谷間がはっきり見えた。

「あたしに協力者になれっていうの？」

赤城は顔色ひとつ変えずに言った。

「できれば頼みたいのですが……」

「病院を裏切れと言ってるわけ？」

「無理にとは言いません」

城間知美は上体を赤城に向かって傾けたまま、じっと赤城の顔を見つめた。そして、ふたたび、笑みを浮かべた。

「誰も病院には逆らえない。内科でつとめている者は、ドクターもナースも主任教授には逆らえない。それはわかってるわね」

「わかっています」

「あなたを追い出したあの大越よ。あいつは、自分に逆らった人間を絶対に許さない」

「ええ」

「それがわかっていて、あたしに内通者になれというの？」

赤城は、目を伏せた。

「いや、そこまでは言っていない」

「協力者になってほしいと言ったじゃない」

「何か話してくれそうな人を教えてくれるだけでもいいんです」

「いくじなしね。どうしてはっきりと言わないの？」

赤城は再び目を上げて、訝しげに城間知美を見た。

百合根も彼女が言っている意味がわからなかった。

「どういうことです？」

赤城が尋ねた。

「はっきり言ってよ」城間知美は、さらに赤城に顔を近づけた。「俺といっしょに戦ってくれって」

赤城は言葉を失って、しげしげと城間知美を見つめた。百合根も彼女の顔を見つめていた。真意を測りかねていた。

赤城が黙っていると、城間知美はさらに言った。

「やってやろうじゃないの。あの大越に仕返しがしたいんでしょう？」

「いや」赤城が珍しくうろたえている。「そんなつもりは……」

「はっきりしなさい。大越と戦うんでしょう？　あいつと戦うことが、全国にいる大勢の大越と戦うことになるのよ」

つまり、全国の大学病院や大病院にいる大越のような医者と戦うことになるという意味だろう。百合根は、想像していたのとまったく違う展開に驚いていた。

「赤城ちゃん」

城間知美は言った。「本音を言って。あたしをだましだまし利用しようったってだめよ。昔のあなたは、もっと情熱的だったじゃない。あの情熱を忘れたの？　さあ、はっきり言って。俺といっしょに戦ってくれって」

赤城は、しばらく無言で城間知美を見返していた。やがて、彼はうなずいた。

「俺といっしょに戦ってくれ」

「大越が許せないのね？」

赤城はもう一度うなずいた。

「そうだ。俺は大越のようなやつが、医者の世界で幅を利かせているのが許せない」

「オーケイ」城間知美はゆっくりと身を起こした。「何から始めればいいの？」

百合根は不思議な思いで二人を見ていた。

また、赤城の不可思議な能力が発揮された。そう思っていた。

赤城が言った。

「ＴＥＮで死んだ被害者を担当していたのは、平戸だ。平戸があの患者をどう扱ったか詳しく知りたい」

城間知美はうなずいた。

「担当していたナースに探りを入れてみる」

やかんのお湯が沸き、ピーという音が部屋に響き渡った。城間知美は、流し台のところに行き、ガスの火を止めた。彼女が人数分の紅茶を用意する間も、話は続いた。

「重要なのは」

赤城が言う。「患者が救急車で運ばれてきたときに、平戸が病院にいたかどうかだ」

「まずあり得ないわね。でも、それも調べてみる。救急車で搬入された日は？」

「二月八日」

城間知美は、赤城と百合根の前に紅茶の入った白いカップを置くと、椅子に腰を下ろし、両手で自分のマグカップを包むようにして紅茶を一口飲んだ。

「二月……。あれ、そんなに前だったかしらね」

「民事裁判があって、病院側に落ち度はないということになった。そして、遺族は刑事告訴した」

「民事で負けたのは痛いわね」

「たしかに……。だが、民事裁判と刑事事件では、観点が違う」

「平戸か……」城間知美は、独り言のように言った。「そもそも、赤城ちゃんが内科に残れなくなったのは、あいつのせいじゃない。あたしに、ミスをなすりつけようとした……」

やはり、あれは平戸自身の話だったのか。

百合根は思った。

平戸は、告白をしたかったのではないだろうか。赤城に会いに来たのは、許しを請うためだったのかもしれない。

赤城はかぶりを振って言った。

「もともと俺は内科医には向いていなかった。法医学のほうが性に合っていた。別に平戸を怨んではいない。研修医はみんなぎりぎりのところで踏ん張っている。肉体的にも、精神的にもな……。ただ、ナースに罪をなすりつけるやり方が気に入らなかった」

「赤城ちゃんはそういう人よ。警察の仕事、合ってるかもね。正義の人だから」

赤城はしかめ面になった。照れ隠しかもしれない。彼は話題を変えた。

「小山というやつが気になる」

「小山？」

「研修医だ。平戸に付いている」

「ああ、あの子。小山がどうかした？」

「俺が研修医だった頃は、三ヵ月ごとのローテーションだった。二月に事件が起きたとき、あいつは、平戸の下についていたはずだ。五月になっても、まだ平戸の下にいる」

百合根はいつしか、城間知美に対する赤城の口調が変わっているのに気づいた。最初は他人行儀だった。今は、普段の口調だった。おそらく、気分が昔に戻っているのだろう。そして、彼女が味方になってくれたことが影響しているのだ。

城間知美が赤城の疑問にこたえた。

「研修制度がちょっと変わったのよ。三ヵ月ごとのローテーションは変わっていない。でも、医療技術の進歩でそれだけでは不足だってことになって、研修の後半に研修医が希望する科で専門的な技術を学ぶことになったわけ」

「じゃあ、ローテーションの研修を終えて、さらに内科を希望したというわけか？」

「……というか、平戸に拾われたのね。誰も彼の面倒をみようとしなかったから……」

「なぜだ？」

「彼、地方出身の平均的なサラリーマンの家庭で育ったの。わかるでしょう、この意味」

赤城は、苦い顔でうなずいた。

「ああ。わかる」

百合根にはさっぱりわからない。

「あの、それ、どういうことですか？」

百合根が尋ねると、赤城が説明した。

「研修医の中にも差別があるってことだ」

「差別……？」

「そうだ。医局の連中は、大病院の二世とか、もともと大学の医局にコネのある人間の息子とかを取りたがる。その次が金持ちの息子だ。研修医の月給でも何の苦労もなく暮らせるやつが優位に立つ。金のない研修医は、バイトをしなければならない」

城間知美が言った。

「そう。小山もよその病院で夜勤のバイトをしていた。当然、疲れ果てているから覇《は》気《き》もない。カルテの整理を言いつけられると居眠りしたりする。ミスもする。だから、上の評価は低かった」

「何か不合理ですね……」

百合根が言うと、赤城はうなずいた。

「不合理だ。それが医者の世界だ」

「でも、所詮は研修医でしょう。別に責任がある立場じゃないし、もし、彼がミスをしても、監督医の平戸がカバーするはずよ」

「小山が被害者の奥さんと連絡を取っていたという情報がある」

赤城が言った。

「被害者って、亡くなった患者のこと?」

「そうだ。刑事事件としての捜査だからな」

「遺族とは何かと事後処理があるものよ」

「小山が遺族と連絡を取っていたのは、ついさっきのことだ」

城間知美は眉をひそめた。

「それはちょっと不自然ね……。患者が亡くなってから三ヵ月以上経っている」

「俺もそう思う。なぜ、被害者の遺族と小山が、今頃連絡を取る必要があるのかがわからない」

「直接訊いてみたら？」

赤城が百合根を見た。

百合根は、言った。

「そうですね。それが手っ取り早いかもしれない」

赤城は何か考え込んでいる。

短い沈黙の間があり、百合根はその間を埋めるために城間知美に尋ねた。

「あの……、こっちから協力を申し出ておいて、言えた義理ではないのですが……」

「なあに」

「城間さんのお立場が、ちょっと心配なのです。へたをすると、病院をくびになるはめになるんじゃないですか？」

「なるかもね……」

「それは、ちょっと……」百合根は今さらながら、責任を感じた。「もし、そんなことになったら、何といってお詫びしたらいいか……」

「勘違いしないで。あたしは強制されてやるわけじゃないの。赤城ちゃんが、あの大越と戦うというから協力することにしたのよ」

城間知美は、どこかけだるげな口調で言う。

「誰も、今の京和大学病院がまともだなんて思っていない。特に、ナースや検査技師や薬剤師といった立場が弱い者は、いいようにこき使われて、逆らえば捨てられる。教授だけが大きな顔をして、下っ端のドクターは教授の顔色ばかりうかがっている。講師や教授は自分の論文のことばかり考えていて、患者のことなんて、ちっとも考えていない」

百合根は、城間知美が大きな矛盾を抱えつつ働いていることを、ひしひしと感じた。

「赤城ちゃんはね」彼女は続けた。「研修医の頃、よく言っていたわ。病院はあくまでも患者のためにあるべきだって。現状を考えると、それは理想論でしかないかもしれない。でも、理想論を語る人は必要だと思う。そういうドクターがいてくれるというだけで、あたしたちは救われた」

「でも……。病院を解雇されたら、元も子もないじゃないですか」

城間知美は小さく肩をすくめた。

「かまいやしないわ。小さな診療所とか探せば、なんとか仕事を見つけられる。もし、仕事が見つからなかったら、そうねえ……」

彼女は、赤城を見た。

「赤城ちゃんに責任を取ってもらって、お嫁さんにしてもらおうかしら」

赤城は、渋い顔で目を伏せていた。

「いずれにしろ、連絡するわ」城間知美は、小さくあくびをした。「今日はこれから一眠りしたいの」

百合根は、彼女が夜勤明けだということを思い出した。あわてて言った。

「お疲れのところ、すいませんでした。そろそろおいとますることにします」

城間知美は、ほほえんで言った。

「赤城ちゃん、会えてうれしかったわ」

12

マンションを出ると、赤城は大きくひとつ息をついた。何だか体中の力が抜けてしまったように見える。

「すみませんでした」

百合根は言った。「彼女を巻き込んでしまいました」

「そんなことはいい」

「まだ、僕のことを怒っていますか？」

赤城は驚いたように、百合根を見た。

「別に俺は怒ってなんかいない」

「ここに来るまで、ずっと機嫌が悪そうでした」

「ああ……、彼女に会うのがちょっと憂鬱だったんだ」

「やはり、彼女に無理強いをすることになるかもしれないと思ったからでしょう？」

「そうじゃない」

「じゃあ、なぜです？」

「俺は彼女が苦手だったんだ。ここに来るまでずっと緊張していた」

「苦手だった……」

「俺を赤城ちゃんと呼びはじめたのは彼女だ。それが、ナースに広まった。俺はなんだかばかにされているような気がしていた」

「そんなことはないでしょう。親しみの表現だったんだと思いますよ」

「そうかもしれない。だが、精神的に余裕の無かった俺は、ばかにされていると感じていたんだ」

どうやら、赤城の女性恐怖症の原因は奥が深そうだと百合根は思った。

何にしても、赤城が腹を立てていたわけではなかったと知り、百合根は密かにほっとしていた。

＊

品川署に戻ると、市川と菊川が何事か真剣な表情で話し合っており、それをＳＴのメンバーと壕元がさまざまな面持《おもも》ちで眺めていた。壕元は、どこか他人事のような顔をしている。翠と黒崎は、じっと市川と菊川の話を聞いている。山吹は穏やかに二人の刑事のやり取りを見守っており、青山は全く別のことを考えているように見えた。

市川が百合根と赤城を見て言った。

「やあ、どこへ行っていたんだ？」

百合根はこたえた。

「昔、赤城さんがちょっと関わりがあった看護師に会ってきました」

「ほう……、親しかったという意味か？」

赤城はぶっきらぼうにこたえた。

「付き合っていたとか、恋愛関係にあったことを想像しているのなら、違う」

「別にそういう意味で言ったわけじゃないよ。それで、何か聞き出せたかい？」

百合根がこたえた。

「僕たちに協力してくれるかもしれません。いえ、正確に言うと赤城に協力するということなんですが……」

「そいつはいい。病院内部に情報提供者がいてくれると、大助かりだ」

菊川は、油断のない目つきで百合根に言った。

「その人は、自ら進んで情報の提供者になってくれるのか？」

百合根はこたえた。

「そうです」

「弱みにつけ込んだわけじゃないんだな？」

「そうじゃありません」

菊川はうなずいた。

市川が不思議そうな顔で菊川に尋ねた。

「何だい、弱みにつけ込むって……」

「いや、何でもない」

百合根と赤城も席についた。百合根は、さらに言った。

「その看護師の名は、城間知美。とりあえず、被害者が救急車で運ばれた日に、平戸が病院にいたかどうかの情報をくれることになっています。それと、研修医の小山のことについても何かわかるかもしれません」

「何ですか……」壕元が嘲《あざけ》るような笑いを浮かべて言った。「刑事が四人もいるってのに、素人に探偵役をやらせなきゃ何もわからんというんですか？」

菊川が、壕元を睨んで言った。

「てめえ、いいかげんにしろ。こっちは、限られた人員で難攻不落の城を落とそうとしているようなもんなんだ。それがわからねえのか」

「やりようは、ほかにいくらでもありそうなもんじゃないですか。何も、看護婦を密偵にしなくたって……」

「てめえ、いったい何様のつもりだ」

菊川が凄《すご》んだ。その迫力に、思わず百合根がたじろいだ。

「ここで揉めている場合じゃないだろう」市川が割って入った。「ゴウやん。おまえさん、いくらなんでも失礼だよ」

「そうでしたね。本庁《ホンブ》からいらした警部さんに警部補さんですからね。こりゃ、失礼しました」

皮肉な口調だ。菊川を挑発しているとしか思えない。いや、本当に挑発したいのは、菊川ではなく、僕のはずだ。百合根はそう思った。

市川は、顔をしかめて言った。

「やることはやっているんだろうな、ゴウやん。平戸と小山の筆跡は手に入れたのか?」

「ここにありますよ。電話一本で事は済みましたよ」

壕元は、ノートにはさんであった紙を二枚取り出した。ファックスで送られてきたらしいA4の紙だ。

「こいつは、地域課のグリーンカードじゃないか」

地域課が住民に記入してもらう住民調査票だ。紙の色が淡い緑色なので、グリーンカードなどと呼ばれている。それのコピーのようだ。

「平戸と小山が住んでいる土地の所轄の地域課に電話したら、交番からファックスしてくれましたよ。古い記録ですけど、筆跡に変わりはないでしょう」

なるほど、そういう手があったかと、百合根は思った。しかし、住民調査票は、すべての住民を網羅しているわけではない。平戸と小山の記録が交番や所轄の地域課に残っていたのは壕元にとっては、幸運だった。

だが、残念ながら、これは役には立たない。

青山がその紙を手にとって言った。

「ファックスやコピーだと、だめなんだけどな……」

壕元は青山を睨んだ。

「何だって？」

「筆跡鑑定では、筆圧や筆順が重要な要素なんだ。ファックスやコピーじゃそれがわからない」

壕元は、ふてくされたように言った。

「そうならそうと、最初から言やあいいんだ」

「刑事なら当然それくらいのことは知っていると思っていた」

壕元はそっぽを向いた。

市川が言った。

「平戸も小山もまだ病院にいるはずだ。何か口実を見つけて、二人から直筆の何かを手に入れてくるんだ」

壕元は、面倒くさそうにしかめ面になり、立ち上がった。そして、何も言わずに部屋を出て行った。

菊川が腹立たしげにその様子を見つめていた。

「あいつ、まさか、こちらの情報源を医者たちに教えちまうようなヘマはやらないだろうな」

菊川が市川に言った。市川はかぶりを振った。

「心配ないよ。ああ見えても、けっこう優秀な刑事なんだ」

「優秀な刑事？　そうは思えないがね」

「本庁や方面本部の偉いさんが来ると、わざとああいう態度を取ったりする。何も得はないのにな」

菊川は、ため息をついた。

「気持ちは俺もわからないわけじゃない。だが、あいつの態度は捜査の妨《さまた》げになる」

「壕元はね、大学時代、一種のスターだったんだ。柔道で全国に名を馳せた。その栄光が忘れられないんだな。彼も警察に入りたての頃は、すこぶる真面目な警官だったらしい。署対抗の柔道大会なんかでも活躍した。だからこそ、刑事になれたんだ。だがね、真面目過ぎたのかもしれない。理想と現実に折り合いがつけられなかったのかもしれないな」

「大人になりきれないだけじゃないか」

「まあ、そうともいえるがね……。器用なやつじゃないんだよ。やつは現場では脇目も振らずに働いた。だがね、菊川さんにも覚えがあるだろう。器用に立ち回って昇級試験を受けるやつのほうが出世は早い。あいつはいまだに巡査長のままだ。そして、結婚もせずに待機寮に居座っている」

「寮の主《ぬし》というわけか」

「そうだ。そうやって鬱憤を晴らすしかないんだ」

待機寮というのは、警察の独身寮だ。たいていは警察署の最上階や同じ敷地内にある。事件が起きるといつ呼び出されるかわからないので、待機寮と呼ばれている。

寮にはたいてい主がいる。出世をあきらめた年配の巡査長などが主になることが多い。彼らは、数人で徒党を組んで、新人警官をいじめたりする。寮で先輩のいじめにあって、自殺した警官もいる。体育会や軍隊の悪い一面をそのまま受け継いでいるのだ。

「同情はできんな。そんなのは負け犬だ」

「わかってる。だが、あいつは、その……、キャリア組なんかに会うと、耐えられなくなるんだ」市川は、気遣うようにちらりと百合根のほうを見た。「どうがんばっても、キャリア組には勝てない。それが悔しいんだ」

「それが今の制度なんだから仕方ないだろう」

菊川の声は力を失っていた。おそらく、菊川も同じようなことを感じているのだろう。警察の制度も医療の世界と同様に山ほど矛盾を抱えている。

「つまり、俺とあいつは同じというわけだ」赤城が言った。「俺も理想と現実の差に折り合いがつけられなかった……」

違う、と百合根は思った。

赤城と壕元は違う。だが、それは多分に心情的な思いだった。どこがどう違うのかと問われたら、うまく説明ができない。

「何の話？」青山が尋ねた。「赤城さんが、どうかしたの？」

「何でもありません」

「変なの。菊川さんもキャップも、何でもない、何でもないって……」

青山が疑わしそうな顔で二人を見た。

百合根は言った。

「捜査会議を進めましょう」

「いや、キャップ」赤城が言った。「大越と俺のことは、ちゃんと説明しておいたほうがいいかもしれない。平戸や城間知美との間にあったことも……」

百合根は、赤城のほうを見た。赤城は、目を伏せている。まるで、罪を告白するような顔つきだと思った。

捜査の対象者と過去に個人的な関わりがあった。それを今まで仲間に黙っていたことに罪の意識を感じているのだろうか。

「話す必要はないんですよ。知らなくても、捜査に支障があるとは思えません」

赤城は言った。

「いや、そもそも今回のことは、俺が医療裁判のカンファレンスを引き受けたことから始まった」

「京和大学病院のケースだと知っていて引き受けたわけじゃないでしょう？」

「話しておいたほうがいいと思う」

赤城は譲らなかった。百合根は言った。

「赤城さんがそう言うのなら……」

赤城はうなずいて、話しはじめた。

研修医時代に大越に眼をかけられたこと。

平戸の医療ミス。そのミスを城間知美に押しつけようとしたこと。

それを非難した赤城に、いつのまにかミスがなすりつけられていたこと。

大越が期待を裏切った赤城に激怒して、彼を病院から追い出そうとしたこと。

そして、その結果、赤城が法医学教室に入ったこと……。

赤城は淡々と事実だけを述べた。

STの連中はただ黙って話を聞いていた。やがて、赤城は話し終わった。

最初に口を開いたのは、市川だった。

「なるほどね……。今回の事件の直接の関係者と、過去にいろいろな関わりがあったということだ……」

菊川は市川に尋ねた。

「捜査上、問題だと思うかね？」

市川は、ちらりと百合根のほうを見て、それから考え込んだ。

やがて、市川は言った。

「いや、私が赤城さんに期待しているのは、専門的な知識と、病院というものの制度に熟知している点だ。過去のことはどうでもいい。だが、本人がまだこだわっているのなら、話は違ってくるがね……」

「今回の事件で……」赤城は言った。「医療制度や巨大病院の問題点が少しでも明るみに出ればいいと思っている。だが、それは個人的なこだわりとは違う」

市川はうなずいた。

「ならば、私は問題ないと思うよ」

「まあ、たいしたことじゃないわよ」翠が言った。「誰の人生にだって、いくつも岐路はあって、選択を迫られる。そういうことでしょう。あんた、法医学やってよかったわよ。向いているじゃない」

赤城はうなずいた。

「今はそう思っている」

「なるほどね」青山が言った。「赤城さんが、壕元さんのこと、『俺と同じだ』と言ったわけがわかったよ」

「そうだ。理想と現実のギャップを埋められなかったんだ」

「でも、違うね」青山はあっさりと言った。「理想と現実の差を埋められなかったという点は同じだ。だけど、赤城さんは理想のほうを取った。壕元さんは理想を捨てて現実に甘んじている」

「でも、多くの人間は、壕元さんのように生きるしかありません」山吹が言った。

「人間はそれほど強いものじゃない。心理学では合理化とか言うのでしたっけ？　手の届かぬ理想をあきらめるために、理想自体をつまらぬものと思いこもうとする……」

「そう」青山がうなずいた。「別名『酸っぱい葡萄《ぶどう》』の論理」

「もういい」菊川が言った。「その話はこれで終わりだ。警部殿が戻ってくる前に、俺と市川さんは、小山と被害者の妻のことについて話し合っていた」

百合根は、頭を切り替えようとした。

実は、少しばかり感動していた。ＳＴのメンバーたちは、彼らなりに赤城を励ましたのだ。その彼らの姿勢がうれしかった。

市川が説明した。

「被害者が亡くなった直後なら、病院側と遺族の間で何かやり取りがあるのは不自然じゃないと思う。だが、この時期に連絡を取り合うのは、やはり妙だと思うんだが……」

百合根はうなずいた。

「その点は、赤城や城間知美さんの意見も一致しています」

菊川が言った。

「小山と武藤真紀との特別の関係を疑わなくてはならない」

市川が百合根に説明した。

「そのへんの捜査は、刑事の得意分野だ。もし特別の関係があるんなら、身辺を洗えば必ず何か出てくる」

百合根は、武藤真紀に話を聞きに行ったときに、青山が言ったことを思い出した。

「青山さん、あなた、武藤真紀の背後に誰かいるかもしれないと言いましたね？」

「そんなこと、言ったっけ？」

「言いましたよ」

「じゃあ、そのときに、そう感じたんじゃない？」

「そのときに、菊川さんと話し合ったじゃないですか。誰かが奥さんをそそのかしているかもしれないとあなたが言うと、菊川さんは、それは納得できないと言ったのです。賠償金を争う民事訴訟なら裏で糸を引くメリットもあるけれど、刑事告訴をさせたところで、何の得もないと……」

「そうだったっけね……」

「俺も覚えてる」菊川が言った。「それで、市川さんとも話をしていたんだ。武藤真紀と小山の関係が読めねえってな……」

百合根は、翠に尋ねた。

「二人の口調はどうだったんです？」

「口調……？」

「電話していたときの口調です。話の内容はわからなくても、二人の口調はわかったでしょう」

「別に普通だった」

「言い争っていたような様子はなかったんですね」

「全然……。ごく普通だったわ。事務的なくらい」

「二人は対立関係にあるわけじゃないんですね」百合根は言った。「……としたら、青山さんが感じ取ったとおり、小山が武藤真紀の背後にいて、刑事告訴させたという可能性もありますね」

「何のためにそんなことを……」市川が困惑したように言った。「誰も何の得もしない」

「病院の誰かを失脚させるためにじゃないですか？」百合根は考えながら言った。

「個人的な怨みを抱いてるのかもしれません」

「誰を失脚させるんだね？」

市川が尋ねた。

「被害者の担当者は、平戸医師です。そして、その上には大越教授がいる。その二人を失脚させようと考えたとしたら……」

「その二人がいなくなったら、小山は出世でもできるのか？」

市川が百合根に尋ねた。赤城がその問いにこたえた。

「いや、出世などできない。彼の立場は混乱するだろう。小山は、平戸に拾われたんだ」

市川が眉をひそめた。

「拾われた？」

赤城はうなずいた。

「そうだ。小山は、地方の平均的なサラリーマンの家庭で生まれ育った。そういう研修医は、医局からはあまり歓迎されない。誰も彼の監督医になりたがらなかった。それを、平戸が拾ったのだそうだ」

「どうして、誰も監督医になりたがらなかったんだ?」

市川に尋ねられて、赤城は説明した。説明を聞くうちに、市川は悲しげな顔になり、菊川はうんざりとした表情になった。

「だから……」赤城は言った。「平戸が失脚したりしたら、むしろ、小山の立場は悪くなる。へたをしたら致命的だ」

たしかに、赤城の言うとおりだ。話の筋が通らない。百合根が押し黙ると、青山が言った。

「キャップは大切なことを忘れてるよ」

「何です?」

「刑事告訴を勧めたって、別に罪にはならないんだよ」

青山の言うとおりだ。それは単なるアドバイスであって、犯罪でも何でもない。

さらに青山が言った。

「もし、小山が刑事告訴するようにと、被害者の奥さんをそそのかしたとしたら、彼は自分自身で、警察に自分を調べさせていることにもなる。それって、おかしいでしょう」

「でも、小山と武藤真紀が連絡を取り合っていたというのは、なにか引っかかるじゃないですか」

「キャップの説じゃ、話の筋が通らないと言ってるんだよ」

「それは、そうなんですが……」

　青山が言った。

「逆なら、話はわかるよ」

「逆……？」

「小山が、告訴を取り下げるように奥さんを説得してる、とか……」

　百合根は考え込んだ。市川と菊川も青山を見つめて思案顔だった。

「でもね」翠が言った。「電話は、奥さんのほうからかかってきたのよ。小山からかけたわけじゃない」

　菊川が目頭を押さえた。

「ますますわからなくなってきたな……」

　市川が言った。

「病院じゃ何かとやりにくい。小山を任意で引っ張って、話を聞いてみよう」

「そうだな……。取調室でじっくり話を聞けば、何かわかるかもしれない」菊川が立ち上がった。「これから行って、引っ張って来よう」

「あ、僕も行きます」

百合根も席を立ち、菊川といっしょに病院に向かった。

＊

病院の玄関先で壕元と出くわした。

「何ですか？　まさか、俺がちゃんと仕事をしているかどうか監視しに来たんじゃないでしょうね。ほら、このとおり、ちゃんと二人に住所と名前を書いてもらってきましたよ。えらく待たされましたがね」

壕元は、背広の内ポケットから折りたたんだ紙を取り出し、掲げて見せた。

菊川が言った。

「小山を任意で引っ張ることにした。あんたも来てくれ」

「小山を……」

「今、小山はどこにいる？」

「内科の診察室ですが……」

「会いに行こう」

菊川は、病院の中に大股で進んでいった。塚元はちらりと百合根を横目で見てから、菊川に続いた。百合根は二人の後についていく恰好になった。

菊川は、内科の受付で小山に会いたいと告げた。

「先生は診察中です」

制服姿の女性事務員は、迷惑そうに言った。

「わかっている」菊川は、凄みをきかせた。「だが、会わなければならないんだ」

受付の女性事務員の顔色がわずかに変わった。

「いいか。俺は遊びに来ているわけじゃない。これは公務だ。邪魔すると、あんたを、公務執行妨害でしょっ引くぞ」

菊川は、病院の妨害工作に、かなり腹を立てていたに違いない。女性事務員は、その犠牲になったというわけだ。

「しばらくお待ちください」

その事務員は、奥に引っ込んだ。

三分ほど待たされた。事務員が再び現れ、不機嫌そうに言った。

「お入りください」

診察室の前には、パジャマ姿の患者も何人かいた。軽症の入院患者が診察にやってきているのだろう。彼らは、不審げに三人の警察官を見ていた。

小山は、百合根たちを見ても、あわてた様子はなかった。

「何事でしょう」

「お話をうかがいたいのですが……」

菊川が言った。

「TEN患者の刑事告訴の件なら、平戸先生に訊いてください。僕は何も知りませんから……」

「そう言えと、病院に言われているんだな?」

小山は、先日会ったときと、菊川の口調が変わっていることに気づいているだろうか。

百合根は思った。それに、気づけば、菊川が本気だということを理解するに違いない。

「そうです」小山はあっさりと認めた。「そう言われています。病院の指示に逆らうことはできません」

「このあいだ会ったときに、言ったはずだ。警察に協力したほうが身のためだ、とな……」

菊川がそう言った直後、診察室のスライドドアが開いて、背広をきちんと着こなし、髪を神経質なほどきれいにカットしている眼鏡の男が現れた。

初めて見る男だが、百合根にはすぐに正体がわかった。

菊川が、その男をじろりと睨み、言った。

「ここは取り込み中なんだがな」

「押しかけてきて、好き勝手やられちゃたまりませんね」

男は、右手の人差し指で眼鏡を押し上げた。

「あんたは……？」

菊川が男を見据えたままで尋ねた。

「この病院の顧問弁護士です。坂巻貞道《さかまきさだみち》といいます」

彼は名刺を取りだして、菊川に手渡した。

菊川は、それを手にして坂巻の顔と交互に見た。

「そちらの名刺もいただけますか？」

菊川は、無言で名刺を取り出し渡した。

「責任者はあなたですか？」

「階級が一番上なのは、そちらの警部殿だ」

坂巻は百合根を見た。

「警部……。お若いですね。キャリアですか？」

百合根は、問いにこたえず、名刺を渡した。坂巻も百合根に名刺を渡す。テレビドラマではあまり見られない光景だが、刑事は、聞き込みなどで、けっこう名刺を相手に渡す。

「何日か前から警察が病院内をうろついて、業務に支障が出ていると聞いています。すぐにやめていただかなければ、法的な措置を取ります」

「そんなのは、はったりだ。できるはずがない」菊川が言った。「これは、刑事事件の捜査なんだ」

坂巻は、菊川を無視するように百合根を見て言った。

「おわかりでしょう、警部さん。著しく業務に支障を来しているとなれば、裁判所も考えるでしょう」

百合根は自信たっぷりの相手の態度に反感を覚えた。

「捜査の妨害と取らせていただきますよ」

坂巻は平然と言った。

「あなた方はすでに違法行為を犯している。不法侵入です。病院側が警察の立ち入りを認めた覚えはありません。あなたがたが、もし裁判所の令状を持っていないのでしたら、即刻ここから出ていっていただきたい。そして、二度と病院に足を踏み入れないでください」

菊川が鼻で笑った。

「不法侵入だと？　訴えられるもんなら、訴えてみろよ。病院にやってくる患者が全員不法侵入になるぜ」

坂巻は、軽蔑したような眼を菊川に向けた。

「患者は、治療目的でここにやってくるのです。病院はそれを受け容れています。だが、あなたがたの場合は違う。ここではっきり申し上げます。令状なしで、再度病院内を歩き回ったりしたら、本当に法的な措置を取らせていただきます」

菊川にも、相手が言っていることの正当性はわかっているはずだ。

警察の聞き込みは、相手の善意の協力が前提なのだ。つまり、任意だ。強制捜査には、裁判所の令状が必要だ。もちろん、小山を無理やり引っぱって行くことはできない。あくまで任意同行なのだ。

「引き上げましょう」

百合根はそう言うしかなかった。

「くそっ」菊川は坂巻を見据えていた。「このままで済むと思うな」

「品がないな……」坂巻は、眉をしかめて笑った。「まるで暴力団だ。警部さん。ちゃんと教育しておいたほうがいい」

冗談じゃない。僕に菊川さんを教育できるはずがないじゃないか。

そう思いながら、診察室を後にした。

「くそっ」

菊川がもう一度言った。腹を立てているのは、菊川だけではない。百合根も腹の虫がおさまらない。

「ま、こんなもんですよ」

壕元が他人事のように言った。

菊川がきっと壕元を睨んだ。彼が怒鳴るより早く、百合根はぴしゃりと言った。

「うるさい。しばらく、その口を閉じていてください」

＊

いったん品川署に戻り、市川とSTの面々に、坂巻のことを伝えた。

市川は苦い顔で言った。

「あれだけの病院になると、やり手の弁護士を雇っているだろうからね……。さて、どうする」

菊川が、まだ怒りの表情で言った。

「小山に話を聞きたけりゃ、自宅で捕まえるしかないな」

赤城が言った。

「あるいは、アルバイトをしている病院だ」

市川が言う。

「被害者の奥さんのほうを、もう一度当たってみるか。そのうち、城間という看護師から何か情報が入るかもしれない」

菊川はうなずいた。

「俺が行く」

「いや、今度は私が行こう」市川が言った。「そんな顔で訪ねたら、奥さんが怯《おび》えちまうよ」

「僕も同行します」

百合根が言うと、青山が何だかうれしそうに言った。

「僕も行ってもいい？」

菊川が青山に言った。

「あんたは、筆跡鑑定だ。壕元が平戸と小山の筆跡を手に入れてきた」

壕元が折りたたんだ紙切れを取りだして青山に手渡した。青山はつまらなそうにそれを眺めていた。

13

武藤真紀は、百合根と市川を厳しい眼差しで迎えた。

「起訴の目処《めど》は立ったのですか？」

彼女は、玄関口で二人にそう尋ねた。

「いろいろと調べなくちゃならないことがありましてね」市川が言った。「簡単にはいきません」

「病院の罪を暴いてください」

「わかっています。それで、ちょっとうかがいたいことがあるのですが……」

武藤真紀は、市川と百合根を交互に見て、ふと不安げな表情を浮かべた。

「どうぞ、お上がりください」

百合根たちは、リビングルームに案内された。新しい匂いのするリビングルームだ。前回訪れたときと変化はない。きれいに片づけられている。市川と百合根はソファに並んで腰掛け、百合根はルーズリーフのノートを開いた。

武藤真紀は茶の用意をしているらしい。市川が台所にいる彼女に呼びかけた。

「ああ、お構いなく……」

その声に驚いたのか、隣の部屋で赤ん坊の泣き声が聞こえてきた。

武藤真紀は、「ちょっとすいません」と言い、赤ん坊の泣き声がしている部屋に消えていった。結局、子供が再びおとなしくなるまで、十分ほど待たなければならなかった。その間、百合根と市川はほとんど話をしなかった。市川はやるべきことを心得ている。百合根はそれを信頼していた。

武藤真紀がソファに腰を下ろすと、市川は切り出した。

「今でも、京和大学病院の誰かと連絡を取り合っていますか？」

武藤真紀は、ちょっと驚いたような顔になり、首を横に振った。

「いいえ。この期《ご》に及んで、病院の人と連絡を取る必要なんてありません」

「そうですか。それは、私が聞いている話と少し違いますね」

武藤真紀は、むっとした顔で市川を見た。

「何を言っているんです？　訴えを起こしたのはあたしなんですよ。警察はあたしの味方でしょう？」

市川はかぶりを振った。

「私らはどちらの味方でもありません。事実を確認する。それだけです」

市川の口調は、穏やかで上品だったが、武藤真紀にはその言葉がきつく響いたようだった。彼女は、表情をさらに固くした。市川は武藤真紀が動揺しているうちに言った。

「あなたが、京和大学病院の小山省一に電話をしたという話を聞いたんですがね……」

市川は相手の心を揺さぶる間を心得ている。武藤真紀は、組んだ両手を強く握りしめている。組んだ指の部分が白っぽくなっていた。

「誰がそんなことを言ったのです？」

市川は武藤真紀の問いにこたえなかった。

「小山省一をご存じなのですね？」

「知っていますよ。研修医でしょう？」

「その研修医に、どんな用事があってお電話されたのですか？」

「電話なんてしていません」

「それは確かですか？」

「もちろんです」

市川は、しばらく無言で武藤真紀を見ていた。それがプレッシャーになる。

「本当のことを話してくれないと、あなた自身のためにならないんですよ。私らの情報は確かだ。あなたが嘘を言うと、私ら何のために捜査しているのかわからなくなる。あんた、病院を刑事告訴して、私らはそのために捜査しているんですよ。そこんところ、わかっていただかないと……」

武藤真紀は、黙ってうつむいていた。

百合根は言った。

「僕たちは別にあなたを責めているわけじゃないんです。本当のことが知りたいだけです。できるだけ多くの事実を、それも正確に知る必要があるのです。そうでないと、起訴に持ち込めないし、公判を維持できないんですよ」

武藤真紀の沈黙は続いていた。

市川があくまでも穏やかな口調で尋ねた。

「何か、警察に話せないような事情でもあるんですか？」

武藤真紀は、顔を上げた。その表情がさきほどまでの力強さを失っていた。

「そういうわけじゃないんです」

「もう一度お尋ねします。小山省一に電話をなさいましたか？」

武藤真紀の全身から力が抜けた。

百合根は仕事の性格上、取調室で犯人が自白を始める瞬間、いわゆる「落ちる」という瞬間をあまり見たことがない。だが、武藤真紀の今の状態は、その「落ちる」瞬間に似ているに違いないと思った。つまり、本当のことをしゃべろうと覚悟を決めたのだ。

武藤真紀が話しはじめた。

「主人が亡くなったとき、担当の平戸先生は、ほとんど説明らしい説明をしてくれませんでした。平戸先生は、主人が肺炎で亡くなったのだと言いました。インフルエンザをこじらせて、肺炎になったのだと……。あたしは訊きました。じゃあ、あの全身の発疹や皮がむけたのはなぜだ、と……。平戸先生は、言葉を濁して、その原因は不明だと言ったのです」

市川は口を挟まず、じっと彼女の話に耳を傾けていた。百合根も市川にならい、余計なことを言わずに、話を聞くことにした。

彼女はいま話したがっている。それを邪魔してはいけない。

「老人や子供じゃあるまいし、肺炎で死ぬなんて……。そのことを、平戸先生に言うと、体力が落ちていると、大人でもこういうことはあると……。あたしは納得できませんでした。そのとき、親身になってくれたのが、小山先生でした。小山先生は、ひょっとしたら病院側に落ち度があったかもしれないと、あたしに言ったのです。それで、医療訴訟を起こすことにしたんです」

市川が尋ねた。

「医療訴訟を起こすきっかけは、小山省一の一言だったというわけですか？」

「小山さんは、主人が救急車で運ばれてからのことを詳しく説明してくれました。救急車で運ばれたとき、夜勤を担当していたのは達川さんという研修医の方だったそうです。達川さんは、平戸さんに連絡をして指示を仰いだそうです。小山さんが言うには、そのときに適切な処置がされていれば、主人は助かったかもしれないと……」

百合根は疑問に思った。

なぜ、小山はそんなことを言ったのだろう。病院は、最善の努力を怠ったということだろうか。それを遺族に話して何のメリットがあるのだろう。

「連絡を受けた平戸先生は、病院にやってきたのですか？」

市川が尋ねた。

「当然、駆けつけたと思います」

「ご主人が意識を失われてから、あなたは病院から連絡を受けたのですね？」

「そうです。明け方近くでした」

「ご主人が病院に運ばれてから、どれくらい経っていましたか？」

「五時間以上経っていました」

「あなたが病院へ行かれたとき、平戸先生に会いましたか？」

「はい。主人の死亡を確認したのが平戸先生でしたから……」

「それは、午後になってからのことですね。あなたが駆けつけたときに、平戸先生はご主人の治療をなさっていましたか？」

「それが……」武藤真紀は目を伏せた。「よく覚えていないんです」

「よく覚えていない……？」

「自分でも不思議なんですが、そのときの記憶が曖昧なんです。頭が混乱していましたし……。自分でもひどく取り乱していたと思います。あの日のことは断片的にしか覚えていないんです。主人は集中治療室にいて、ほとんどそばにいられませんでした。枕元に呼ばれたのは、主人が亡くなる直前のことでした」

「そのときには、平戸先生はそばにいたのですね」

「いました」

「よく思い出してください。ご主人が救急車で運ばれてから、約五時間後にあなたが呼ばれた。その日の午後にご主人が亡くなった。平戸先生と最初に話をしたのはいつです？」

「民事裁判のときにも何度も思い出そうとしました。でも、はっきりしないんです。あたしは、平戸先生が治療をしてくれているものだと信じていましたから……」

「そう思い込んでいたということですか？」

「夜勤の達川先生も、小山先生も、看護婦の方も、間違いなく平戸先生が夜中に駆けつけて治療をしたと口を揃えて言いましたから……」

「裁判でそう証言したということですか？」

「裁判でも言いましたし、あたしにも言いました。あたしが駆けつけたときのことです。看護婦さんが、平戸先生は今必要な治療のために準備をしていると言いました。達川先生も、今ちょっと平戸先生は席を外しているけれどもじきに戻るからと言いました。小山先生も、平戸先生から直々に指示をもらって治療しているからと言いました……」

「しかし、確認はしていないのですね」

「裁判のときに、病院の出勤簿が提出されました。出勤の日時と退出の時間が記録されている書類です。その書類では、平戸先生は間違いなく九日の午前一時に出勤していることになっていました」

出勤の記録がどういう仕組みになっているか調べる必要があると、百合根は思った。

「小山さんが親身になってくれたというのは、具体的にはどういうことを……」

「主人の死を無駄にしてはいけないと励まされました。主人のためにも戦うべきだと……。それで、賠償を求める民事の訴訟を起こしました」

「小山さんから、何かの要求はありましたか？」

「いいえ。何もありませんでした」

もし、勝訴して賠償金が取れたら、その段階で要求するつもりだったのだろうか。

百合根は、青山が言っていたことが、当たっていなかったわけではないと思った。

武藤真紀は、小山の言葉に後押しされたのだ。それで、民事訴訟を起こすことを決意した。だが、それだけだろうか……。

「これは、ちょっと失礼な質問になるかもしれませんが、お気を悪くなさらないでください」市川が尋ねた。「その後、小山さんと個人的なお付き合いをなさいましたか？」

武藤真紀は、その質問を冷静に捉えたようだ。

「いいえ。そういうお付き合いはありません」

市川はうなずいた。

彼は納得したのだろうか。

市川は、先ほどの質問を繰り返した。

「今日、あなたは小山さんに電話なさいましたね。どんな用件で電話されたんです？」

「不安になったんです」

「不安になった……？」

「警察からは何の情報も入ってきません。刑事告訴なんかしてよかったのかと、ずっと悩んでいました。民事訴訟で敗訴した段階で、すべて終わりにして平穏に暮らしていればよかったと思いはじめたのです。それで、つい小山さんに電話をしてしまいました。ほかに頼る人がいなかったので……」

市川がかすかに眉をひそめた。

「刑事訴訟することについて、小山さんに相談したのですか？」

「民事で敗訴したとき、向こうから連絡があったのです。これであきらめてはいけない。刑事告訴という手がある、と……。金がすべてではない。ずさんな医療の犠牲になった主人のことを世間に知らせることが必要なのだと、小山さんは言いました」

百合根は思わず小さくうなっていた。

まさに青山の言ったとおりじゃないか……。

刑事告訴は、武藤真紀の強い意志というより、小山に促されてのことだった。

「今日は具体的には、どんな話をしたのですか？」

市川が尋ねると、武藤真紀は力無くこたえた。

「告訴を取り下げるかどうかを相談したのです」

「告訴を取り下げる……？」

「はい。本当に、もう終わりにしたいのです。主人はもう戻ってきません。こうして訴訟だ告訴だと主人の死に関わっていたら、いつまでたっても過去のことにできない。もう、三ヵ月も経っているのに、まだ主人の死を過去のこととして考えられないのです」

市川は、冷静な声で質問した。

「それで、小山さんは何とこたえました？」

「もう一がんばりだと言ってくれました。必ず苦労は報われるからと……」

「つまり、それは病院側の誰かの罪が問われることになるという意味でしょうね」

「そう思います」

「小山さんは、具体的に誰にどういう落ち度があったかをあなたに言いましたか?」

「いいえ。それは教えてくれませんでした」

「なるほど……」市川は、何事か考え込んでいた。やがて、彼は質問を再開した。

「小山さんと連絡を取り合っていたことを、私らに隠そうとしたのはなぜです?」

「小山さんに言われたのです。連絡を取り合っていることを、病院側に知られたら、小山さんは間違いなく何かの処分を受ける。そして、あたしも病院側と通じているということで、何かの疑いを受けることになる。だから、秘密にしておこうと……」

「それは、あまり得策ではありませんでしたね。警察の捜査をなめてはいけません」

「小山さんしか頼る人はいない。そのときは本当にそう感じていたのです」

「まあ、無理もありませんが……、これからは、私らを信じていただきたいものです。こうして、できるかぎりの捜査をしているのですから……」

「できるかぎりのという言葉は、聞きたくありません。主人が死んだとき、何度も病院の人から言われました。できるかぎりの治療をしました、と……」

市川は何も言わなかった。

百合根は、今日の武藤真紀の話の中でどうしても気になったことがあったので、質問した。

「平戸先生は、ご主人の死因を、肺炎だと言ったのですね？」

「そうです」

「それ以上の説明はなかったのですね」

「ありませんでした」

「全身の皮膚にできた発疹について、あなたが説明を求めたときも、説明らしい説明はなかったのですね？」

「そうです」

「おかしいですね」

「なにがですか……？」

「カルテにはＳＪＳという文字が記入されていたのです。当然、その説明があってしかるべきだと思いますが……」

武藤真紀は、考え込んだ。しばらくして彼女は言った。

「京和大学病院の偉い先生は、ほとんど大切なことを説明してくれません。説明をするときには、わざと素人がわからないような専門用語を使います。どうだ、説明したって無駄だろうと言わんばかりに……。つまり、彼らは、患者に説明したくはないのです」

「だから、平戸先生は説明しなかったと……」

「そうだと思います」

「あるいは……」百合根は考えながら言った。「平戸先生は、ご主人が亡くなった時点で、SJSだと気づかなかったのではないですか？」

「そんなはずはありません。裁判でも平戸先生は、SJSあるいはTENの可能性を疑い、そのための処置はしたと証言したのです」

「では、どうして病院でそう説明しなかったのでしょう」

「あたしにはわかりません。病院では説明を受けなかった。それが事実です」

百合根は、その点の矛盾について考えた。そこが、もしかしたら病院の弱みなのかもしれない。

「今後も小山さんと連絡を取るおつもりですか？」

市川が尋ねた。

「いいえ。今日が最後だと思います」

「それは、告訴を取り下げるという意味ですか？」

武藤真紀はかぶりを振った。

「いいえ。それも違います。行けるところまで行こう。そう決めました。たしかに、早く主人の死を過去のこととして葬りたいという気持ちは強い。でも、このまま曖昧にしていては、後々悔いが残り、余計に忘れられなくなるかもしれません。それに……」

武藤真紀は、下を向いた。

「あたしは、夫の生前、あまりいい妻ではありませんでした。子育てに疲れていて、夫につらく当たってばかりいたのです。その罪滅ぼしのためにも、夫がどうして死んだのか、はっきりさせたいんです」彼女は、子供が寝ている部屋のほうを見た。「そして、あの子が大きくなったときに、裁判のことや刑事告訴のことをちゃんと話してやりたいのです」

市川はうなずいた。

「わかりました」

「刑事さん」武藤真紀は、改めて質問した。「正直に教えてください。病院の落ち度は証明されるでしょうか？」

市川は、頭の脇を人差し指でかいた。

「それは、私ら警察じゃなくて検察が判断することなんでね……。今回の事件は、私ら強行犯の係が普段手がける捜査とはちょっと勝手が違っていて、正直面食らっています。普通なら、事件が起きて容疑者を絞り、犯人逮捕にこぎつけ、自白を取る。それでだいたい私らの仕事は終わりです。業務上過失の事件というのは、なかなかやっかいでしてね……」

武藤真紀はそれ以上何も尋ねようとしなかった。

百合根は何か言葉をかけてやりたかった。しかし、何を言っていいのかわからなかった。結局、型どおりの礼を言って、百合根と市川は武藤真紀の自宅を後にした。

＊

マンションの部屋を出ると、市川は両隣にちょっと話を聞こうと言い出した。百合根は驚いた。まるで、武藤真紀のことを疑っているようだ。

「なに、確認を取るだけだ。小山が武藤真紀の自宅に出入りしたことはないか……。武藤真紀が頻繁に外泊するようなことはないか……」

「個人的な付き合いがなかったかどうかを確認するんですね？」

「そう。本人は否定した。その裏を取る。それが刑事の仕事さ」

実際に市川は、両隣を訪ね、誰か特定の人物が武藤真紀の自宅を訪ねてこなかったかどうかと質問した。結局、武藤真紀の言ったことが嘘ではないらしいということがわかった。二人が付き合っていれば、必ず人目に付く。

市川は満足して署に引き上げることにしたようだ。百合根は、市川の仕事ぶりに敬意を表した。同時に、常に人を疑わねばならない警察の仕事を少しだけ悲しく思っていた。

14

百合根が品川署に戻ったときには、すでに八時近くなっていた。長い一日だった。百合根はくたくたに疲れ果てていた。

空模様がにわかに怪しくなり、署に戻ったころには、雷が鳴りはじめていた。初夏の雨になりそうだ。

いつもの汗くさい部屋で、残りのメンバーが顔をそろえている。誰も帰らずに、百合根たちの帰りを待っていたようだ。菊川はさておき、STのメンバーまでが全員帰らずにいたので、百合根は少々驚いた。特に、青山がいるのが意外だった。彼は、いつどこにいても、真っ先に帰りたがるのだ。

「どうだった?」

菊川が尋ね、市川がこたえた。

「奥さんが小山に電話したのは確かだね」

「何のために……」

「順を追って話さなきゃならんがね、要するに、小山は奥さんにいろいろとアドバイスをしていたってことかな……」

「アドバイス？」

「奥さんが民事訴訟を起こしたのも、刑事告訴したのも、小山に促されてのことのようだ」

百合根は言った。

「その点は、青山さんが言ったとおりでした」

青山は、関心なさそうな様子で言った。

「だから、僕、覚えてないんだってば……」

菊川が言った。

「詳しく話してくれ」

市川が説明を始めた。

彼の説明は要領を得ており、過剰な思いこみも、情報が不足している部分もなかった。さすがに、ベテラン刑事の報告だと、百合根は思った。

菊川をはじめ、一同は市川の説明に聞き入っている。だが、集中の度合いはそれぞれ違うように見える。壕元はやはりどこか他人事のように斜に構えているし、青山はまるで別のことを考えているように見えた。

市川が話し終えると、短い沈黙があった。

市川は百合根に言った。

「何か、補足することはありますか？」

「いいえ」

百合根はこたえた。百合根は、誰かが質問を始めるのを待っていた。

最初に質問をしたのは、やはり菊川だった。

「小山の意図がわからないな……。本当に何の要求もなかったのかな……」

「その点は嘘をついていないと感じたね」

市川がこたえた。百合根も同感だった。

「男女の関係もないということだな？」

「おそらくはな。ちょっとだけ聞き込みをやってみたが、マンションで二人が会っている形跡はない。奥さんも子育てが忙しく、長時間外を出歩くことはないということだ」

菊川は考え込んだ。百合根は、赤城に尋ねた。

「その点についてどう思います？」

赤城は上目遣いに、ちらりと百合根を見てからこたえた。

「わからん」

百合根がさらに尋ねた。

「病院からもし逮捕者が出たとして、研修医の小山が何か得をすることはありますか？」

赤城は即座に言った。

「いや、ない。前にも言ったが、小山は平戸に拾われた身だ。平戸が失脚すれば、小山も行き場がなくなる」

菊川がまた言った。

「それにしても、病院に駆けつけたときに、平戸がいたかどうかよく覚えていないというのはどういうことだろうな。そんなことはありうるか？　嘘をついているんじゃないのか？」

市川はちょっと、戸惑ったような表情になった。

「その点も、嘘は言っていないと思うんだがねえ……」

百合根は言った。

「僕もそう感じました」

「だって、たかだか三ヵ月前の話だ。思い出せないことはないだろう」

「菊川さん、昨日の朝、朝刊を読んだ？」

青山が唐突に尋ねた。

「読んだと思うよ」

菊川が怪訝そうにこたえた。

「一面の記事は何だった？」

「一面の記事……？　覚えてねえよ」

「昨日のことだって思い出せないじゃない」

「それとこれとは違うだろう。何たって、自分のだんなの主治医なんだぞ」

「そのとき、奥さんは主治医が誰か知らなかった」

「何だって？」

「病院に駆けつけたときには、誰が担当の医者かなんて知らなかったはずだ。平戸なんて医者のことは知らなかったんだよ。そして、どうしていいかわからずうろたえていたから、周囲にどんな人がいたかなんて覚えていなかったはずだ。さらにね、記憶の大部分は作られる」

「記憶が作られるだと？」

「そう。人間は、自分が経験したことをそのまま記憶していると思いこんでいるけど、実は、多くの部分は他人によって作り替えられているんだ。特に幼児期の記憶というのは後になって作り替えられることが多い」

「それが何だというんだ」

「奥さんは、民事の裁判の過程で、病院の人たちの、当夜、平戸が病院にいて治療をしていたという証言を何度も聞かされたに違いない。証言が一致していたので、裁判官もそれを受け入れた。すると、奥さんは何となく平戸が病院にいたような気がしてくる。おそらく、判決のときには、奥さんは駆けつけたときに、病院に平戸がいたような気がしていたと思うよ」

百合根は、青山が言ったことを心の中で検討していた。なるほど、たしかに青山の言うとおりかもしれない。市川と菊川も思案顔で青山を見つめていた。

「……ということは」菊川が言った。「被害者が運び込まれた夜、平戸は病院にいなかったってことか？」

「これは、百合根さんが指摘したことなんだがね」市川が言った。「平戸は、被害者の死因について、肺炎だとだけ言ったんだそうだ。発疹の原因については、不明だと言った。どうして、SJSだと説明しなかったんだろう」

百合根はまた赤城に意見を求めた。

「どういうケースが考えられます？」

「偉い医者ほど、患者に説明をしたがらない。ある大学の教授が新聞記者にこう言ったことがあるそうだ。インフォームド・コンセントなどと世間では騒いでいるが、医学の知識のない人間に説明して何がわかるのかと……。医大の教授の認識なんてそんなものだ」

「武藤真紀さんも、そのようなことを言っていました。京和大学病院の医者たちは、ちゃんとした説明をすることを面倒くさがっていたようだと……」

「もう一つの可能性は……」赤城は言った。「死ぬまで、ＳＪＳだということを知らなかった」

「しかし、死の宣告をしたのは、平戸医師だったと、奥さんは言っていました」

「臨終に立ち会っただけかもしれない。奥さんは、平戸が被害者の治療をしているところを見ていないのだろう？」

「覚えてないと言っていたんです」

「つまり、確認していないんだ」

「平戸医師が被害者を治療しなかったと……」

「あり得ないことじゃない。カルテの青山の鑑定結果もそれを裏付けているように思える」

　市川が青山を見た。

「そうだ。その鑑定の結果を、私らまだ聞いていない」

　青山はメモも見ずに話し出した。

「カルテには、三人の筆跡があった。二月五日、一人目の筆跡。これは、外来の初診担当の医者だろう。その後は一切出てこない。同じ日、内科に移ってから最初の筆跡。これは間違いなく平戸の字だ。それから、処方箋を書いたのは、別の人物。それは小山の筆跡と一致した。二月八日の再診の日。最初から最後まで、小山の筆跡だった」

「問題は、再診の日のカルテに書き込まれていたＳＪＳの文字だ」

　赤城が百合根の顔を見て言った。

　青山が説明した。

「その字はかなりの確率で、平戸の筆跡と言える。そして、それは、小山の記録と処方の間に横に飛び出すように書かれている。そして、初診の日に書いた文字とは心理的に違った状態で書かれていた」

「心理的に違った状態で……？」百合根は尋ねた。「それはどういうことです？」

「初診の日の平戸の文字は、走り書きに近い。専門家が仕事の最中に書き込むときに、よくこういう書き方をする。つまり、日頃慣れた行動というわけ。だけど、後から書き込んだと思われるSJSの文字は、ことさらに丁寧に書かれている。走り書きじゃない。筆圧から見ても、ゆっくりと書かれたことを物語っている」

「どういうことだろうな」

市川が眉をしかめてつぶやいた。青山は肩をすくめた。

「そこまではわからない。でも、普段カルテに走り書きをするような状況で書いたわけじゃないことは確かだね。誰にでもわかるように丁寧に書こうとしたのかもしれない。考え事をしながら書いたのかもしれない。それは本人に訊いてみなけりゃわからない」

菊川が考えながら言った。

「もし、被害者が病院に担ぎ込まれた日に、平戸が病院にやってこなくて、治療を研修医だけに任せたとして……。それを業務上過失致死に問うことができるだろうか……」

赤城は疲れた表情で首を横に振った。

「むりだろうな。研修医も医師免許を持った医者だ。彼らが治療をしたからといって、病院の過失は問えない」

部屋の中が重苦しい空気に支配された。

「カルテの改ざんに刑事罰はないのだし……」菊川が言った。「民事でも負けている」

「平戸さんが、患者がSJSないしはTENだったと気づいていなかった可能性があります」

百合根が言った。

赤城はかぶりを振った。

「頭を冷やせよ、キャップ。誤診は罪じゃない。それは医者の能力の問題なんだ」

「じゃあ、平戸が担当している患者の危機に病院にいなかったとしても、罪を問えないということですか？」

市川が冷静に言った。

「起訴はできないな」

菊川は、両手でごしごしと脂の浮いた顔をこすった。そして、ため息をつくと言った。

「どうやら、壕元が言ったとおりになるかもしれんな……」

壕元は、してやったりといった顔をしているものと思った。百合根は、壕元をちらりと見た。意外にも壕元は、真剣な顔をしていた。彼は苦渋に満ちた表情で何事か考えている。

「とにかく今夜は引き上げよう」市川が言った。「みんな疲れている。明日になれば、何かいい知恵も浮かぶかもしれない」

みんなが席を立とうとしたとき、壕元が言った。

「何だかあきらめムードじゃないですか」

百合根はまた、壕元が嫌味の一つも言うのだと思っていた。うんざりした気分でいると、壕元は続けて言った。

「過去に医療ミスが業務上過失致死に問われたケースがある。その判例が残っているんです。そいつが、こちらの強みじゃないですか」

菊川が意外そうな顔で壕元を見ている。百合根も同様の気分だった。なぜ、突然壕元がやる気を見せはじめたのか、理由がわからなかった。

「その判例では、手術に使う人工心肺に対する知識の不足が問題になった。そして、カルテの改ざんなどで、証拠を隠そうとした点が悪質だとして、医者が逮捕されたんです。今回だって、その線で押せないわけじゃないでしょう」

たしかに勉強はしている。

百合根は思った。だが、やはり話の流れをつかんではいない。

壕元が言っている事件は、ある有名私立医大病院で起きた事件で、手術のミスだった。人工心肺に対する知識が不足していたため、その使用方法を誤り、さらに、その後の処置についての記録を改ざんしてミスを隠そうとした。手術を執刀した医師が逮捕されたそのケースと、今回の事件は性格が違うと百合根は思った。

「誤診を業務上過失には問えないと言ってるんだ。手術のミスを隠したあの事件とは違う」

市川が百合根の思いを代弁してくれた。

「しかしですよ」壕元は食い下がった。「あんな医者ども、許しちゃおけないじゃないですか。それに、あの弁護士も……」

「とにかく、今日は解散だ」

市川のその一言で、みんな帰宅することにした。

帰り際に、百合根は青山にそっと尋ねた。

「壕元さんが、突然変わったのはなぜだと思います？」

「新しいはけ口を見つけたんだよ」

「新しいはけ口……？」

「あの人、誰かに反発していないとやってられないんだよ。最初、キャップが恰好のターゲットだと思っていた。でも、病院に出入りするうちに、もっと腹の立つやつらを見つけた。それが新しいターゲットになった。それだけのことだよ」

おそらく、病院で出会った偉そうな医師たちや、弁護士の坂巻のことに違いない。

「あきれた人ですね」

青山はあくびをした。

「そう。あきれた人だよ。恰好をつけることしか考えていない。でもね、あの人なりに本気になったのはたしかだね」

「本気になった？」

「何が原因か知らないけど、起訴なんてできないと言っていたのに、あの変わりようだ」

また、赤城の不思議な力のせいだろうかと百合根は思った。

いや、今ではそれほど不思議とは思っていなかった。おそらく、赤城の秘めた闘志が、同じように情熱をくすぶらせている人々に伝染するのだろう。赤城の周囲に集まってきて、彼を助けようとしはじめる人々は、ちゃんとした専門知識を持ちながら

も、それを充分に発揮する場を与えられていないのではないだろうか。そうしたいわ
ば縁の下の力持ちに、赤城の秘めた情熱が伝わるのだろうと百合根は思った。
壊元が世をすねたような態度を取っていたのは、青山が言ったとおり恰好をつける
ためなのだろう。現状に不満を持っているのだ。自分はもっと報われるべきだと思い
続けている。その暗い情熱に、赤城の秘めた情熱が作用したのかもしれない。
「僕、もう帰るからね。じゃあね」
青山が部屋を出て行った。
僕も帰ろう。
百合根は思った。今日はくたくたに疲れた。京和病院の誰かを業務上過失致死に問
う目処はまったくついていない。徒労感があった。明日になれば、何か進展があるか
もしれない。それを期待するしかない。
雨脚が強くなっていた。外に出ると、大粒の雨がアスファルトを叩き、歩道に街の
明かりが映っていた。雨が百合根の疲労感をさらに募らせていた。

15

何の進展もなく二日が過ぎた。刑事たちの口数が少なくなってきた。百合根も何をどう考えていいのかわからなくなりかけていた。

これまでわかったことを整理してみようと思ったが、考えがまとまらない。

武藤嘉和が救急車で病院に運び込まれた夜、平戸が病院にいなかった可能性が高くなってきた。だが、平戸が病院にいなかったことが罪になるわけではない。赤城が言ったとおり、夜勤の研修医も医師免許を持った医者なのだ。医者が診察・治療をしたのだから病院に非があったとは言い切れない。平戸が病院に駆けつけず、研修医に任せたのだとしても、それはモラルの問題であって、業務上の過失には当たらない。

カルテを改ざんした疑いはあるが、カルテの改ざんに刑事罰はない。

平戸は、武藤嘉和がSJSあるいはTENであることを見逃した疑いもあるが、これも赤城が言ったとおり、誤診は刑事罰には当たらない。

こうなると、やはり武藤真紀は勝ち目のない戦いを挑んだのだと言わざるを得ないかもしれない。民事裁判で敗訴したのだから、刑事告訴したところで勝ち目はない。

百合根の心はその方向に傾きつつあった。誰でもそう思うに違いない。

山吹と黒崎が、民事裁判の際に公開された文書を何度も洗い直した。山吹によると、書類を見る限り、民事裁判の判決は妥当に思えるということだった。

ならば、小山はどうして武藤真紀に刑事告訴を勧めたのだろう。

小山の意図がまったくわからない。

頼みの綱は、赤城だが、その当人は刑事たちよりいっそう無口になっていた。むっつりと考え込んでいる。その表情は厳しく、声をかけるのもはばかられるほどだった。

三日目の午後、看護師の城間知美から赤城あてに電話があった。

赤城は、「わかった」とだけ言って、すぐに電話を切ってしまった。

「何だって言ってきたんだ？」

菊川が赤城に尋ねた。

「明日は非番だから、会いに来てくれと言っている」

菊川が百合根を見た。

「警部殿と赤城に任せる。話を聞いてきてくれ」

菊川の声にも力がない。菊川もこれは負け試合だと考えているのだろうか。百合根は、無力感を覚えていた。城間知美から話を聞いても無駄な気がする。気が滅入《めい》って、ひどく悲観的になっているという自覚がある。だが、どうしようもなかった。

市川によると、検事から特別な指示はないらしい。これまでの捜査の結果を報告したが、ただうなずいただけだったという。検事もやる気がないのかもしれない。百合根は、ますます悲観的な気分になった。この部屋には窓がない。外の空気が吸いたくなった。

*

百合根は、翌日の午前中に、赤城とともに城間知美の自宅を訪ねた。

「赤城ちゃん。さあ、入って」

ドアを開けると、城間知美はけだるげな笑みを浮かべて言った。

前回と同じくダイニングテーブルを囲んで座り、城間知美が紅茶を入れてくれた。

「武藤嘉和さんが救急車で運ばれた夜の夜勤のナースを見つけた。内科のナースじゃないから、ちょっと手間がかかったけど……」

赤城はむっつりとしたまま尋ねた。

「それで……？」

「最初は、平戸がたしかに病院にやってきたと言っていた」

「最初は……？」

「病院からそういう指示があったんだって。平戸がちゃんと病院に駆けつけて、治療をしたということにしろって……。だから、全員が口裏を合わせて、あの夜、平戸が病院にいたということにしたわけ」

「それをどうやって聞き出したんだ？」

「病院のやり方に腹を立てている人は多いわ」

「でも……」百合根は言った。「平戸先生がその夜病院にいなかったとしても、罪にはならないのです」

赤城はうなずいた。

「医者がいなかったというのなら問題だ。だが、達川という当直の研修医が被害者を診ている。法律上は問題ない」

「じゃあ、何であたしに当夜のことを調べろなんて言ったの？」

「平戸のその夜の行動が、鍵になると思っていた。だが、どうやらそれで誰かを起訴するのは無理のようだ」

赤城の表情は精彩を欠いている。やはり、赤城もあきらめようとしているのだろうか。百合根は、ますます気分がふさいできた。

どんという大きな音に、百合根はびっくりして顔を上げた。

城間知美がマグカップを勢いよくテーブルに置いたのだ。彼女は、赤城を睨みつけている。美人の怒りの表情は凄みがある。

「赤城ちゃん。あなた、言ったよね。あの大越と戦うんだって。なのに、何なのよ、その情けない態度は。まるで、負けを認めたようなもんじゃない」

赤城は何も言い返さない。百合根は、赤城の熱い気持ちが再燃するのを期待していた。だが、赤城は、あいかわらずむっつりと何かを考え込んでいる様子だ。

知美はさらにいらだった様子で言った。

「あんた、また負け犬になるつもり？　大学の医局という医局から閉め出された、あの屈辱を忘れたの？」

喧嘩をしにここに来たわけではない。百合根は、なんとか険悪なムードになるのを避けようとした。だが、何を言っていいのかわからない。余計なことを言って火に油を注ぐのは避けたい。おろおろしながら二人を見ているしかなかった。

赤城が眼を上げて知美を見返した。何か言い返す気だと思った。売り言葉に買い言葉。そうなれば、喧嘩は避けられない。

「負け犬になる気はない」

赤城が言った。「ただ、平戸があの夜に病院にいなかったとしても、罪に問うわけにはいかないと言っているんだ」

「法律のことなんか知らない。研修医がどんなものだか知っているでしょう。重症の患者を研修医に任せるなんて、人殺しと同じことよ。何とかしなけりゃ、また武藤さんのように死ななくてもいいのに、死んでしまう人が出る。遺族はたまったもんじゃない。そして、あたしたちもね。現場にいるあたしたちだって、患者が死んでいくのを見るのはつらい。適切な処置をすれば死ななくて済む患者が死んでいくのを見るのはたまらないのよ」

「わかっている」

「なら、あきらめたりしないでよ」

赤城は、あくまで冷静だった。

「俺はあきらめるとは一言も言っていない」

「だって、平戸が罪に問われることはないと言ったじゃない」

「救急車で運ばれた夜のことだけを考えると、違法性はないと言ったんだ。過失もなかったかもしれない」

「ＴＥＮの患者を研修医に任せた段階で過失よ」

「弁護士はそうは言わないだろうな」

「だったら、どうするのよ」

「達川と言ったたか、当直の研修医」

「そう」

「達川がどういうふうに対処したのか知りたい」

知美はうなずいた。

「それも詳しく聞いてある。当直のナースによると、手の施しようがなくてしばらく呆然としていたそうよ。見たこともない症状だったのよ。ＴＥＮというのは珍しい症例だからね。血算と生化学の検査を命じて、とりあえず、生食の点滴を指示した。患者が意識を失ってから、酸素吸入を始めて、バイタルメーターを装着した。ナースが持ってきたカルテを見て、すぐ担当の平戸に連絡するように言ったそうよ」

「でも、平戸は来なかった……」

「そう。代わりにやってきたのは、小山だった」

「やはりな……」

「小山と達川は、二人で何とかしようとした。その間、ナースは家族に連絡を取り、奥さんが駆けつけた。患者は自力呼吸していたし、その段階ではバイタルもそこそこ安定していた。それで、経過を見ようということになった。朝になって、平戸が出勤してきて、すぐに患者を診たけど、すでに手遅れだったらしい。結局、平戸が患者の死を宣告することになった」

「平戸は小山に対して何か言ったのか？」

「知らない。ナースにはそこまではわからない」

百合根は、赤城が知美の言葉に腹を立てなくてよかったと思っていた。赤城は、百合根たちにはわからない何かに気づいているのかもしれない。そんな期待が頭をもたげはじめた。そのときの赤城には、期待を抱かせる雰囲気があった。

「小山と平戸の関係はうまくいっていたのか？」

「問題はなかったと思う。問題なのは、やはり大越よ」

「何かあったのか？」

「平戸がいないと大越の研究が進まないんだそうよ。論文のほとんどは平戸が書いていて、それを大越の名前で発表する。平戸は研究に追われていた。だから、平戸が軽症の患者を診察しようとすると、大越がそれを非難することがよくあるらしい。そんな患者は他の者に任せておけばいいってね」

「武藤嘉和の場合もそうだったということか？」

「正解。インフルエンザの患者など、研修医に任せておけと言ったのを、ナースの一人が聞いている」

「小山の評判はどうなんだ？」

「真面目な研修医よ。クソがつくくらい真面目。地方出身者が東京の医大に入るってどういうことかわかるでしょう？　エリートなのよ。プライドも高い。そのプライドにかけて、懸命に努力する。でも、前にも言ったとおり、バイトが忙しくてポカをやることが多い」

「バイトで他の病院の夜勤をやらなければならない、真面目な研修医か……」

赤城はふと悲しげな表情を見せた。

「達川に言われてカルテを持ってきたナースがたしかだと言っていたんだけど……」

「何だ？」

「その時点でカルテには、ＴＥＮの文字もＳＪＳの文字も書かれてなかったそうよ。でも、民事裁判のときには、カルテにはＳＪＳと書き込まれていた……」

赤城はうなずいた。

「カルテは改ざんされていたに違いない。だが、それも刑事罰には当たらない」

「結局、ドクターたちは、患者を見殺しにしたのよ」

「誤診を刑事告訴することはできない」

「何なのよ、それ……。まるで勝つ気がないみたいじゃない。やっぱり負け犬なわけ？」

「俺が今言ったのは、民事裁判での結論だ。だが、いま、あんたが言ったとおり、ドクターたちは、武藤嘉和を見殺しにした。一つ一つの要素を見ていけば、犯罪性はないが、トータルで考えるとやはり、許し難い過失だ」

百合根は、赤城の言葉を頼もしく思った。たしかに、病院の不手際で武藤嘉和が死んだことは確かだ。だが、それを法的に証明するのは難しい。

百合根は赤城に言った。

「小山が被害者の奥さんに、刑事告訴を勧めた理由は何でしょうね？」

知美が百合根を見た。

「小山が刑事告訴を勧めた？」

「そうなんです」

赤城はしばらく考えてから言った。

「それは本人に訊くべきだな」

「でも、むこうの弁護士が話をさせてくれません」

「強制捜査にすればいいんだ」

「それだけの材料がこっちにはありませんよ」

「だいじょうぶだ。俺たちは勝てる。今の彼女の話を聞いて、俺は確信を得た」

百合根は驚いた。城間知美の話は、これまで知っていた情報を確認するのに役だったに過ぎない。新たに知り得た事実はなかったように思う。

だが、赤城は何かをつかんだようだ。

医者にしかわからない何かがあるのだろうか。

「赤城ちゃん」

知美が言った。「味方をしているのはあたしだけじゃない。あたしは、ナース全員の代表よ。京和大学病院のドクターは本当のドクターなんかじゃない」

「本当のドクターじゃないか……」赤城はまた悲しげな表情になった。「本当のドクターを目指そうとすると悲劇が起きる。これはそういう事件かもしれない」

百合根には、その言葉の意味が理解できなかった。

城間知美のマンションを出ると、百合根は赤城に言った。

「赤城さんには、強制捜査に踏み切るだけの確信があるのですね」

「ある」

「それは、医者にしかわからないことですか？」

「そうだ。だが、医学の専門知識の話じゃない」

「どういうことです？」

「これから、品川署に戻ってみんなに説明する。みんなも納得してくれると思う」

赤城に任せるしかない。

百合根はそう思った。

*

品川署に戻ると、赤城は説明を始めた。

百合根は赤城の提案に驚いた。刑事たちは最初反発した。

だが、赤城の話を聞くうちに次第に百合根は、納得しはじめた。そして、赤城とともに刑事たちを説得する側に回っていた。赤城の説明の後に長い話し合いがあった。

その話し合いが終わる頃には、すっかり刑事たちに覇気が戻っていた。

「そう来るとは思わなかった」塚元が言った。「ま、だめでもともとでしょう」

菊川は、慎重に市川と最後まで小声で何事か話し合っていた。

ついに市川が言った。

「よし、身柄確保が先決だ。逮捕状を請求しよう」

16

百合根は、じりじりした気持ちで市川の帰りを待っていた。市川は、逮捕令状と家宅捜索の令状を請求しに裁判所に行っている。

令状が下りるかどうかは、一つの賭けだった。赤城がみんなに説明した内容を文書にし、それを疎明資料として添付していたが、裁判官が納得するかどうかは五分五分といったところだ。菊川もいらだっている様子だ。壕元は、だらしのない恰好で椅子に腰掛けているが、やはりいらいらしているのは明らかだった。

赤城は覚悟を決めたように腕組みしている。翠は、ヘッドホンをかけてＭＤを聴いていた。山吹はまるで禅を組んでいるように背中をまっすぐに伸ばし、じっとしている。黒崎は、どっしりと構えていた。青山は、眠たげな顔で、部屋の隅に目をやっている。ビラの束や何かの書類の入った段ボールが乱雑に積まれている。その乱雑さが彼を安心させるのだろう。

すでに市川がでかけてからかなり時間が経っている。

やはりもめているのだろうか。

百合根は思った。

もし令状が下りなければ、捜査は一歩も進まなくなる。

それからさらに一時間が過ぎた。百合根たちは、昼食をとるのも忘れていた。午後四時過ぎ、市川が戻ってきた。厳しい顔をしている。

だめだったのか……。

百合根はその顔を見て一瞬そう思った。尋ねるのが恐ろしかった。

全員の気持ちを菊川が代弁した。

「渋い顔だな。だめだったのか?」

市川は、菊川を見てそれから一同を見回した。おもむろに、内ポケットに手を入れると、縦長に折りたたんだ紙を取り出した。

「葵《あおい》の印籠《いんろう》だ」

市川はにっと笑った。

「なんだよ……」菊川が言った。「じゃあ、もっとましな顔で入ってこいよ」

「窓口じゃ埒《らち》が明かず、判事に呼ばれたんだ。そこで、口頭で質問され四苦八苦だよ。こっちの身にもなってくれ」

壕元が立ち上がった。

「ぐずぐずしてないで、病院へ乗り込みましょうぜ」

百合根は赤城を見た。眼が合うと、赤城はかすかにうなずいて立ち上がった。

＊

全員で京和大学病院に向かった。総勢九名だ。ものものしいが、これが最後の詰めだ。誰一人署に残るとは言わなかった。

病院のロビーに入っていくと、患者が何事かと彼らに視線を向けた。

カウンターの中の職員たちも、ロビーにいる患者と同様だった。彼らは、一瞬作業の手を止めて、近づいてくる警察官たちを見つめていた。

市川が受付の事務員に言った。

「平戸先生と小山先生にお会いしたい」

女性事務員は、内線電話に手を伸ばして言った。

「少々お待ちください」

これから起きることはだいたい予想できた。そして、百合根の想像どおりになった。百合根たちに近づいてきたのは、平戸でも小山でもなかった。弁護士の坂巻だっ

けて……」

「何の騒ぎですか」坂巻が百合根たちを見下すように言った。「こんな大勢で押しかけて……」

菊川が言った。

「また来ると言ったはずだ」

「病院に立ち入ると、家宅侵入で訴えると言ったはずです」

「もうそんなことは言わせない」

菊川が言うと、阿吽《あうん》の呼吸で市川が家宅捜索令状を取り出して掲げた。

坂巻は、片方の眉をつり上げ、右手の人差し指で眼鏡を押し上げると手を伸ばした。捜索令状を手に取るとそれをしげしげと眺めた。おそらく、内容を確認しているわけではない。令状を見るふりをして対応を考えているのだ。

やがて、坂巻は令状を市川に返すと、言った。

「できるだけ穏便に済ませたい。要求があれば聞きましょう」

菊川は猛犬がうなるような調子で言った。

「もうそんなことが言える段階じゃないんだよ。こいつは強制捜査なんだ。引っ込んでろ。……と言いたいところだが、こっちも事を荒立てる気はない。受付でも言ったが、平戸と小山に話を聞きたい」

坂巻はしばらく何事か考えていた。

「いいでしょう。その代わり、私も同席させてもらいます」

「いたきゃいなよ。どこか落ち着いて話ができるところを用意してほしいもんだな」

坂巻は、受付に行って女性事務員に何事か話をしている。百合根たちのもとに戻ってくると、彼は言った。

「七階のカンファレンスルームを押さえました。そちらへどうぞ」

「平戸と小山は？」

「すぐにそちらに向かわせます」

百合根たち九人はぞろぞろと七階に向かった。カンファレンスルームと坂巻が呼んだのは小会議室だが、品川署で百合根たちが使っている部屋より数段居心地がよさそうだった。

立派な楕円形のテーブルが部屋の中央にある。一方の壁はスクリーンになっていた。テーブルには、コンセントがいくつかある。パソコンを使うための工夫だろう。椅子は柔らかい革張りで座り心地がよかった。警察のパイプ椅子とは大違いだった。

出入り口の反対側に刑事たちが陣取った。上座に当たる。その横に、ＳＴの五人が並んで座った。

百合根と赤城が隣り合っている。右隣だ。赤城の向こう側が山吹。その向こうが翠、その隣に黒崎がいる。青山が一番端だ。

百合根の左隣が菊川だった。その隣が市川、向こう側の端は壕元だ。

九人は言葉も交わさず、医者たちを待った。十五分以上待たされ、ようやく平戸、小山、坂巻の三人が現れた。おそらく、坂巻が二人に改めて余計なことは言わぬようにと釘を刺していたのだろう。三人は、テーブルをはさんで向かい側にすわった。百合根から見て一番右端が坂巻、その真ん中が平戸、左が小山だ。

「ようやく落ち着いて話が聞けそうですね」

菊川が言った。

平戸も小山も落ち着いているように見える。平戸は、赤城を見た。眼が合うと彼のほうから目をそらした。赤城に対しては後ろめたい思いがあるようだ。それは、研修医時代のことばかりではないだろう。今回の事件でも赤城に対して顔向けできないような思いがあるに違いないと百合根は思った。

「私らは、武藤嘉和さんの死について、配偶者の方からの訴えによって捜査を始めました」

市川が事務的に切り出した。

そのとき、勢いよくドアが開いた。

「これは何の真似だ？」

戸口に姿を見せたのは大越だった。ドアを開けたまま仁王立ちになっている。

「捜査です」

市川が穏やかに言った。

大越は、尊大に言った。

「話なら、坂巻君だけでいいだろう。さあ、平戸も小山も仕事に戻れ」

「そうはいきませんよ」市川が言った。「今日はちゃんと話を聞かせていただきます。こうして捜索令状を持って来ました」

「捜索令状だ？　家宅捜索でも何でもやればいいじゃないか。だが、医者を拘束することは許さん。平戸、小山、行くんだ」

二人が腰を上げようとした。

菊川がぴしゃりと言った。

「そこに座ってろ」

平戸と小山は驚いた顔で再び腰を下ろした。大越が、菊川を睨みつけた。

「ここで大きな顔をするな」病院では、自分のほうが偉いのだと言いたげだ。実際に、大越はここでは君主のように振る舞っているのだろう。「平戸や小山は私の命令だけに従う。警察が彼らをここに押しとどめておく権限はないはずだ」

市川が、細長くたたんだままの紙を取り出して見せた。

「ここに逮捕状があります。警察に身柄を確保して話を聞くこともできるのです。しかし、なるべく穏便に事を進めたいという坂巻さんの提案を受け入れて、こうして病院でお話をうかがうことにしたんです」

大越の顔色が変わった。

「逮捕状だと？　ばかな……。はったりに決まっている」

「だといいんだけどね」

壕元が皮肉な口調で言った。青山が言ったとおり、彼はターゲットを百合根から病院のドクターや弁護士に替えたようだ。

大越は戸口に立ったまま態度を決めかねている様子だった。やがて彼は勢いよくドアを閉め、大股で部屋の中を進み、一同が見渡せる席にどっかと腰を下ろした。

「どうせ、取るに足らん話だろう」大越は腕組みすると言った。「さっさと始めたらどうだ？」

市川が赤城の顔を見てうなずきかけた。

赤城が話しはじめた。

「まず、訴えがあったので、俺たちは病院の過失について調べた」

そのとき、大越は初めて赤城の存在に気づいたように言った。

「おまえは恩を忘れて敵に回るのか？」

「恩は忘れてはいない。これは俺の仕事だ」

「ふん。病院を逃げ出しおったくせに」

「失礼……」坂巻が大越に言った。「この方は、かつて病院関係者だったのですか？」

「ここで研修医をやっていた。その後、法医学教室に入った」

坂巻がちょっとうれしそうな顔になった。

「病院を逃げ出したということは、過去に何かあったのですか？」

「言ったとおりだ。こいつは重大なミスを犯し、この病院から逃げ出した」

「それは、問題だ。この事案の捜査にたずさわる方としては、不適切なのではないですか？」

「私らは、専門家としての彼の意見を尊重している」市川が言った。「この病院の事情にも詳しい。実に適切な人材だと思うよ」

「しかしですね……」

坂巻が何か言おうとしたとき、平戸がそれを遮って言った。

「彼は信頼に足る男だ。公正な判断を下せるはずだ」

坂巻は不愉快そうに平戸を見た。身内から切りつけられたように感じたのだろう。

「それに……」平戸は、目を伏せて付け加えた。「今教授が言われた過去の出来事は、事実とちょっと違う」

「そんな話をするためにここに来たわけじゃない」赤城が言った。「今となっては、過去のことなどどうでもいい。問題は今現在、この病院で何が行われているか、だ。俺たちは、過失の有無について、武藤嘉和という患者が救急車で運び込まれた夜のことをまず考えた」

「民事裁判でもその点については検討されました」

坂巻が言った。赤城は坂巻を無視して続けた。

「武藤嘉和の症状は、明らかに重篤《じゅうとく》だった。そして、外来の武藤嘉和の担当医は平戸だった。当直医から連絡を受けたら、当然病院に駆けつけるべきだ。だが、さまざまな情報から判断して、俺たちは、平戸がその夜病院にはいなかったと考えている」

「当直医から連絡を受けたからといって、担当医が夜中に駆けつけなければならないという規則はありません」坂巻が言った。「担当医が常に患者を診るのが望ましいのかもしれないが、それが不可能な場合もあります。法的には問題はありません」

赤城は平戸を見ながら話を続けた。

「さらに、我々は、筆跡鑑定や関係者の証言から、カルテに改ざんが加えられたと見ている」

「カルテの改ざんの事実はありません。それは証明できないはずです」坂巻が言った。「それに、万が一改ざんがあったとしても、医事法では罰則規定はない」

赤城はようやく坂巻のほうを見た。

「そんなことは知っている」

「ならば、今さら取り沙汰すること自体がおかしいですね」

「問題は、適切な処置が施されていれば死ななくて済んだ患者が死んだということだ」

「漠然としていますね。法的にはその主張だけでは通りませんよ。いいですか？　患者が救急車で運ばれた夜、ちゃんと医師免許を持った当直医がおり、必要な検査と処置をしました。しかし、力及ばず患者は死亡した。医者がすべての患者の命を救えるわけではないのです。残念なことですが、救急車で運ばれてくるすべての患者が助かるわけじゃない。あなた、この病院で研修医をなさっていたのでしょう。ならば、そのへんのことは充分にご理解いただけると思うのですがね……」

赤城は、平戸を見た。

「当直の研修医は達川といったな？」

平戸はつらそうにこたえた。

「そうだ」

「二月八日の深夜。正確に言うと明けて九日だが、当直医から連絡があったのは事実だな？」

「事実だ」

「そのとき、当直医にどんな指示をした？」

「こたえる必要はありません」

坂巻がぴしゃりと言った。

平戸は、坂巻を見て、それから大越を見た。

「坂巻君の言うとおりだ。こたえなくていい」

大越が言った。

平戸はしばらく口をつぐんでいた。だが、眼を上げて赤城を見ると、彼は言った。

「覚えていなかった」

「それは、何を指示したか覚えていないという意味か？」

「そうじゃない。患者のことを覚えていなかったんだ。記憶になかった。おそらく私の代わりに小山君が診察した患者じゃないかと思った。それで、小山君に連絡するように指示した」

「やめてください」坂巻が言った。「そういう不用意な発言はひかえてください」

平戸は言った。

「もう終わりにしましょう。私は疲れた……」

その言葉を聞いて、大越の顔が怒りで赤く染まった。

「何をばかなことを言っている。病院に落ち度はない。それは坂巻君が証明してくれる」

「そうです。すべて私に任せてください」

すると、平戸は首を横に振った。

「いや。あなたには任せられない。これは医者の問題だ」

「それ以上何か言ったら、君の将来はないぞ」

大越が恫喝《どうかつ》した。だが、平戸はめげなかった。

「いずれにしろ、私の将来は終わった。あなたについていけば将来は約束されている。そう考えていた私が愚かでした。たしかに研究者や大学の教授としての将来は約束されたかもしれない。しかし、そのために患者の診察をおろそかにして、こんな事件を起こしてしまった……」

大越は、坂巻に言った。

「彼にしゃべらせるな。もうこんな茶番は終わりだ。さ、仕事に戻れ」

「まだ、話は終わっていない」赤城が大越に言った。「そう。平戸が言ったとおり、こんな事件が起きたのは、あなたが平戸に論文を押しつけ、診察をおろそかにさせたからだ」

「大学病院の教授や講師には治療の他に最先端の医療研究という責任がある」

「インフルエンザの患者一人救えなくて、何が最先端の医療だ」

「重病に苦しんでいる人が大勢いるんだ。癌とインフルエンザを比較したらどちらが重要か誰にでもわかるだろう」

「やはりあなたは、患者を見ていない」

平戸は二人の議論を遮って言った。

「たしかにあの夜、私は病院には来なかった。小山君に任せて、翌朝定時に出勤したのです。その間ずっと患者は危険な状態に置かれていた」

「バイタルは安定していた」大越が言った。「それは、ケース委員会でも民事裁判でも確認されたことだ」

「安定していたとは言いがたい。どちらとも言える状態です。朝になり、自力呼吸ができなくなって、挿管しましたが、すでに呼吸器不全の状態でした。手遅れだったのです。たしかに、民事の裁判ではさまざまな問題は法の網の目をくぐり抜けました。だが、そのためにカルテを改ざんしたり、ナースや他の職員に口止めしたり、偽証を強いたりしなければならなかった……」

「平戸先生」坂巻が青くなった。「あなたはこの病院を破滅させる気ですか？」

「間違った制度や仕組みがまかり通っているのなら、一度壊れたほうがいい」

今や、大越の顔色は朱に染まっていた。あまりの怒りで、口もきけなくなっているようだ。

平戸は赤城のほうを見た。

「本当はもっと早く……、警察に会いに行ったときに白状したかった。どんなに法の網の目をくぐり抜けても、それは正しいことだったということにはならない。私は、担当医としての責務を果たせなかった。当直医から電話が来たときに、担当している患者の名前も病状も思い出せなかった。そして、患者が死んだ後にカルテにＳＪＳと書き込んだ。ちゃんと診断を下していたが、力及ばず患者が亡くなったということにしたかったんだ。これは、どんなに言葉を弄《ろう》して言い訳しようと、逃れようのない過失だ。そう。医師としての過失だ。私は業務上の過失を認める」

「ばかな……」坂巻は刑事たちに向かって言った。「彼の精神状態はひじょうに不安定だ。今の発言は法的根拠を持たない」

「いい加減にしろ」赤城は言った。「今の彼の精神状態は、これまでにないくらいに正常だ」

「心配しないでください」坂巻は大越に言った。「彼が逮捕されても、なんとか手を打ちます」

「私は何も知らなかった。すべて平戸の責任だ」

大越が言った。

「トカゲの尻尾切りで逃れようというのか？」

赤城が言った。

「何を言う」大越は赤城に食ってかかった。「私は何も知らない」

「インフルエンザの患者など、研修医に任せておけと、あなたが平戸に指示したのを聞いていたナースがいる」

「ふん。ナースがそれを裁判で証言するはずがない」

「あなたの圧力がかかっている間は証言はしないだろうな。だが、あなたが失脚するとなると、みんな喜んで証言するだろう」

「私は失脚などしない」

「医局から二人も逮捕者が出たら、当然責任を問われるだろう」

「二人……?」

大越は赤城を睨んだ。

坂巻は、不安げに刑事たちを見ていた。

市川がうなずいた。

「私が持っているこの逮捕状ね、実は、平戸さんの逮捕状じゃない」

坂巻の眉間に深くしわが刻まれた。

「平戸先生のじゃない……?」

「そう」市川が言った。「小山省一に対する逮捕状だ。しかも、罪状は業務上過失致死じゃない。傷害致死罪だよ」

坂巻の口が緩み、次第に開いていった。本人はそれに気づいていない様子だった。

「殺人罪の逮捕令状を申請したんだがね、さすがに、裁判所は納得しなかった。それで傷害致死罪の逮捕令状になった」

しばらく誰も何も言わなかった。

警察側は、市川が言ったことの衝撃が充分に相手に伝わるのを無言で待っているのだ。坂巻と大越は、理解するのに時間がかかっているのかもしれない。

ようやく坂巻が口を開いた。

「小山先生を傷害致死罪で逮捕するだって……？」

その声はしわがれていた。

小山はうつむいていた。

坂巻が市川に向かって言った。

「それはいったいどういうことだ？」

「それをこの場で詳しく教える必要はないんだが……」

「私は弁護士だ。罪状とその理由を確認する必要がある」

「まあ、ここで話をしたほうが手間が省けるかもしれない」

市川が赤城のほうを見た。赤城が話しはじめた。

「誰もが、あの夜のことに注目していた。武藤嘉和が救急車で運び込まれた夜だ。その日、平戸が病院にいなかったというのはたしかに問題だ」

「だから、私は、過失を認めた」平戸が言った。「責任は私にある。小山には何の責任もない」

「問題はその夜じゃないんだ」

赤城が言うと、平戸は訝しげな顔で問い返した。

「その夜じゃない……？」

「そう。問題なのは、武藤嘉和が診察を受けたときなんだ。二月五日と八日の昼間だ。内科で武藤嘉和が受診したとき、最初に診察したのは、平戸、おまえだな」

「そうだ」

「そして、大越教授に呼び出され、代わりに診察を小山に任せた」

「その点に関しては、病院に過失はない」坂巻が言った。「研修医にも経験を積ませなければならない」

坂巻は、なんとか抵抗しようとしているのだ。だが、苦し紛れの発言としか思えなかった。

赤城は坂巻に言った。

「そんなことを問題にしているんじゃない。問題は、小山が故意に武藤嘉和のＳＪＳ

を隠したことだ」

「ばかな……」平戸が言った。「見逃しただけだろう」

「いや、彼は再診のときに気づいていたんだ」

「根拠は何だ?」坂巻が問いつめようと、身を乗り出した。「それを証明できるのか?」

「口や咽頭部に水疱ができていた。そして、顔などに発疹が見られた。抗生剤と解熱鎮痛消炎剤を出した後のことだ。小山は、患者に薬物アレルギーがあることを知っていた。当然、SJSを疑うだろう」

「カルテはどうなっていたんだ?」

大越が平戸に尋ねた。

「口内炎と発疹と……」

「その段階で、本気でカルテを見ていたら、SJSを疑っただろうな」赤城が冷たく言った。「その点も過失と言える。だが、問題は小山が、SJSと知っていて、それをごまかすために口内炎とカルテに記入した点だ」

「勉強不足だったんだ」大越が言った。「だから、SJSの症状を見逃した。それだけのことだ」

赤城はさらに言った。

「その日のうちに、皮膚科に診察させようと思えばできたはずだ。平戸はそう言った。だが、小山は故意に二日後の予約を入れた。その間にSJSが進行することを読んでいたに違いない」

「だから……」坂巻が言った。「どうして、そう言い切れるんだ?」

「彼が、武藤嘉和の遺族に刑事告訴するように勧めたからだ」

坂巻と大越は、しばらく茫然と赤城を見ていた。それから、坂巻は小山に視線を移した。小山はまだうつむいたままだ。

「まさか、そんな……」

坂巻は混乱している様子だ。大越と平戸は何も言わない。

赤城が言った。

「小山は遺族が民事の医療訴訟を起こすように促した。しかし、民事裁判では病院の過失は認められなかった。にもかかわらず、刑事告訴するように勧めたんだ。彼には確信があったんだ。病院側には重大な過失があるという確信が……」

坂巻は押し黙った。必死に反論を考えているのだろう。

赤城の説明が続く。

「確信があったのは当然だ。小山本人が故意にやったことなのだからな。弁護士さん、あんたが言うように、誤診や症状を見逃した程度では業務上の過失は問えない。だが、故意に重大な症状を見過ごしたとなれば、単なる過失では済まない」

坂巻は、はっと顔を上げた。そして、それが誤りだと気づいたかのように、すぐに目を伏せた。

赤城が言った。

「そう。小山は、すぐに適切な処置をしないと命に関わることを知っていて、それを阻止するような行動を取った。つまり、未必の故意だ。俺は、殺人罪に当たると思った。だが、さすがに裁判所は、傷害致死の令状しか出さなかった」

坂巻が顔を上げた。必死に考えを整理している様子だ。

「未必の故意を証明できていない。あなたの言っていることはすべて憶測だ。もし、その逮捕状を執行したとしたら、これは不当な逮捕だ」

赤城は、静かに言った。

「たしかに物証は乏しい。だが、俺は、本人がそれを自白すると思っている。なぜなら、そうでなければ、彼の目的は達成されないからだ」

「彼の目的……？　何だそれは？」

坂巻が赤城を見据えて言った。赤城がこたえた。

「この病院の実態を世間に告発することだ」

坂巻は、ふんと鼻で笑った。にわかに自信を取り戻した様子だ。

平戸は、つらそうに小山を見ていた。大越はうんざりした顔をしていた。

坂巻が言った。

「そんなことを、本人がここで認めるはずがない。そうですね、小山先生」

小山はまだうつむいている。

「遺族に刑事告訴を勧めただと……」

大越はそこまで言って、言葉を探していた。赤城の言ったことの重大さに、気づいたのかもしれない。

「私が何とかします」坂巻が、ばらばらの小さな破片になってしまった自信をかき集めるように、言った。「こんな捜査が認められるはずはない。逮捕したところで、公判は維持できませんよ。いや、起訴さえ難しい」

大越が爆発した。

「公判も起訴も関係ない。逮捕者を出すことが問題なんだ」

坂巻が、大越をなだめようとした。

「わかっています。落ち着いてください」

「何だと思っているんだ……」

大越は、小刻みに震えていた。目を伏せ、その目がおろおろと泳いでいる。

「おまえたちは、大学病院を何だと思っているんだ。町の医院じゃないんだ。常に世界の医学界を相手にしなければならない医療機関なんだぞ」

「世界を相手にする前に、目の前の患者の相手をするべきですね」

そう言ったのは、小山だった。みんなはいっせいに小山に注目した。

小山はゆっくりと顔を上げた。その顔に、不敵ともいえる笑みが浮かんでいる。彼は、赤城を見て言った。

「あなたの言うとおりです。よくわかりましたね」

「わかるさ」赤城は小山を見据えて言った。「俺も医者だからな」

「僕は、再診のときに、ＳＪＳだと気づきました。市販の風邪薬を飲んでＳＪＳを発症し、死亡した例が最近新聞でも取り上げられました。僕は内科医です。それに無関心なはずはない。ＳＪＳだと気づいたときに、僕はあるテストをしようと思いました。この病院がちゃんと機能しているのかどうかを試してみようと思ったんです。それで、僕はわざとカルテに口内炎と発疹と書き込みました。カルテを誰かがちゃんと

う」
「私は、君を信頼していた」平戸が言った。「報告があれば、ちゃんと処置しただろ
チェックしていれば、当然ＳＪＳを疑うはずだと思ったんです」

「カルテをチェックするのは、先生の責任ですよ。だが、先生は患者を僕に任せきりにした。そう。皮膚科の診察の予約を二日後にしたのも、わざとです。もし、僕のカルテがちゃんとチェックされていたら、すぐに患者を入院させたはずです」

「愚か者め」大越が憤怒の表情で言った。「おまえが傷害致死で逮捕などされたら、京和大学病院はマスコミの恰好の餌食《えじき》になる」

「ほら、教授は、まだそんなことを気にしている。武藤さんが死んだことはどうでもいいんだ。その実態を、世間に知ってもらいたかった。だから、遺族に医療訴訟を起こしてもらったんです。でも、結果は敗訴だった。刑事告訴は最後の手段だった……」

赤城が尋ねた。

「訴訟のことは最初から計画していたのか？」

「そうじゃありません。僕は最後まで、誰かが武藤さんを救ってくれると期待していました。救急車で運び込まれたときに、この病院が全力を上げて武藤さんを救おうと

することを期待していたのです。でも、あの夜、武藤さんの処置をしたのは、二人の研修医だけでした。そのときに、僕は告発する決心をしたのです」

「なぜ、患者を死なせなければならなかった？」菊川が悔しそうに言った。「病院の実態を世間に告発したいのなら、ほかにいくらでも方法があっただろう」

「少々のことじゃ、この病院は変わらない。この病院が変わらないということは、日本中の大学病院が変わらないということです。僕は思い切ったことをやるしかなかった……」

市川が尋ねた。

「最初に私らに会ったときには、何も知らないような顔をしていたね」

「あの段階で僕が故意に患者を死なせたのだということがわかってしまったら、さっき、そこの人が言ったトカゲの尻尾切りで終わってしまいます。警察に、病院の実態がどのようなものか暴いてほしかった」

「だから、時間稼ぎをしたということかね？」

「そういうことになります」

「わからない……」平戸が青い顔で言った。「どうしてそんなことを……。自分の未来をすべてなげうってまで……」

「平戸先生もさっき言ったじゃないですか。もう、疲れた、終わりにしようって。僕には、どうせたいした将来はなかった。そう。これは、自爆テロみたいなもんですよ」

「患者一人を殺したんだぞ」赤城が静かな声で言った。静かだが、その声には激しい怒りが滲んでいた。「何を言っても許されることじゃない」

「僕がこうしなければならなかった、病院のシステムが悪いんです」

「ふざけるな。医者が故意に患者を殺したんだ。これ以上の罪はない。おまえは最低のクズだ」

赤城は、いきなり席を立って部屋を出て行った。その後、部屋の中は沈黙していた。

17

百合根は、廊下でたたずんでいる赤城を見つけた。近づいて声をかけた。

「平戸と小山の身柄を確保しました」

赤城は、百合根に横顔を見せたまま言った。

「すまんな。あのままあの部屋にいたら、小山を殺していたかもしれない」

百合根は、赤城がこれほど激しく怒っているのを初めて見た。

「この事件は、マスコミで大騒ぎになるでしょう。大越教授も失脚ですね」

赤城は、悲しそうに言った。

「どうでもいい」

「大越と戦うんだって、城間さんに言ってたじゃないですか」

「本気で言ったわけじゃない。城間をその気にさせたかった」

「大越教授を憎んでいたわけじゃないんですか？」

「憎んでなどいなかった。あいつはあいつで、大学のために一所懸命なんだと思う」

百合根はうなずいた。

「僕は署に戻りますが……」

赤城は、しばらく何も言わず壁を見ていた。百合根が歩きだそうとすると、赤城は言った。

「みんな理想を持って医者を志す。その理想を追いかけようとすると、こんなことが起きる。いったいなぜなんだろうな……」

百合根は何もこたえることができなかった。赤城をそこに置いたまま、百合根はエレベーターホールに向かって歩きだした。

＊

案の定、マスコミが騒ぎ出した。

大学病院の不祥事は、大越教授が言ったとおり、マスコミの恰好の餌食だった。そして、新聞やテレビ・ラジオで、大越が主任教授を解任されたことが報道された。

百合根たちは、送検の手続きに追われていた。山のような書類を用意しなければならない。

赤城と山吹も、書類作りを手伝った。

ＳＴのほかの三人は、特にすることがないにもかかわらず、赤城といっしょにいた。驚いたことに、青山までが深夜まで及ぶ作業に付き合っていた。

書類作成が終わり、ようやく事件が百合根たちの手を離れたのは、小山、平戸の逮捕から三日目のことだった。

「協力を、心から感謝するよ」市川が言った。「ＳＴさんがいなけりゃ、この事件は解決できなかった」

通常は、刑事に邪魔者扱いされるＳＴだった。こういうふうに言われると、百合根はひどく恐縮してしまった。

「いや、警部殿、感服しました」壕元が言った。「まさか、傷害致死という決着になるとは……」

皮肉かな、と一瞬百合根は思った。だが、どうもそうではないらしい。彼はようやく、百合根とＳＴを仲間と認めてくれたようだ。

彼は徹底した実績主義なのだ。

菊川が、壕元に言った。

「おまえさんも、結婚して寮を出るなり、勉強して昇級試験を受けるなり、いいかげん考えろよ」

塚元は、苦笑した。

「嫁さんのほうは望み薄だが、昇級試験はなんとか受けますよ」

菊川は、市川と塚元の二人に言った。

「じゃあ、俺たちは引き上げるよ。また、どこかで会えるかもしれんな」

「待ってくれよ」市川が言った。「このままお別れというのも、ちょっと淋しい。いっしょに夕飯でも食っていかないか？」

菊川は、百合根の顔を見た。

「どうする、警部殿？」

「行きましょう」百合根は言った。「STもご一緒します」

言ってからメンバーの顔を見た。誰も異存はなさそうだ。

「行きつけの飲み屋でいいかね？」

市川が尋ねると、菊川が言った。

「STの面々はどうだ？　それでいいか？」

翠がこたえた。

「飲み屋、上等。浴びるほど飲んでやる」

百合根は疲れ果てていたが、妙に気分が高揚していた。送検を終えたときは、たいていこういう気分になる。

だが、赤城は沈んだ表情のままだ。

当然だ。後味のよくない事件だった。赤城にしてみれば、なおさらだろう。

署を出ると、市川が先頭に立って歩きはじめた。

百合根は、ずっと考えていたことを赤城に伝えようと、横に並んで話しかけた。

「あの日、病院で赤城さんが言ったことですけど……」

赤城は、ふさぎ込んだ表情のままこたえた。

「何のことだ？」

「医者の理想という話です」

「それがどうした、キャップ」

「理想と現実というのは、いつも食い違うものです。一致する人生なんてない。あの壕元さんもそれで苦しんでいるのだろうし、僕だってそうです」

「だから、何だ？」

「医者だけの問題じゃないということです。理想に走りすぎれば、誰だって問題を起こす。現実に呑み込まれれば、不満を抱え込む。自分が今、理想と現実の間のどこにいるのかという認識が大切なんだと思います」

しばらく赤城は黙っていた。

それからぽつりと、彼は言った。

「わかってる。わかってるんだ、キャップ」

それきり、赤城は何も言おうとしなかった。

市川の案内で、路地の角を曲がろうとしたとき、後ろから声が聞こえてきた。

「赤城ちゃーん」

振り返ると、城間知美を含む三人の女性が手を振っていた。おそらく、京和大学病院の看護師だろう。

百合根は、市川と菊川に手短に城間のことを説明した。

「やったわね、赤城ちゃん」

知美が言った。

「ああ。あんたの協力のおかげだ」

「これから、あたしたち飲みに行くんだけど、付き合わない？」

赤城は、躊躇しているように見える。

「いいじゃない」翠が言った。「行ってくれば？」

「いや。またにしよう。俺はこれから、彼らと飲みに行く」

「じゃあ、合流しましょうか？」

「いや、それも遠慮しておく。今夜は、彼らと飲みたい。一仕事終えた、大切な仲間なんでな」

城間知美は、ほほえんでうなずいた。

「そうね。邪魔しないわ。お疲れ様。近いうちにきっと連絡してよ」

知美は去って行った。

「大切な仲間？」翠が赤城に言った。「一匹狼じゃなかったの？」

赤城は歩きだした。

それから、ぼそりと言った。

「同じ理想を持つやつは仲間だ」

気持ちのいい、初夏の夜だった。かすかに潮のにおいがするような気がする。南風が吹いているのだろうか。

仕事を終えたサラリーマンたちも、どん底の不況をしばし忘れたように見える。

嫌な事件は、早く忘れることだ。それでなくても、次から次へと事件は起きる。

赤城の、さっきのつぶやきが、百合根の心に残っていた。

解説——一匹狼の秘密

村上　貴史

■リーダー

『ＳＴ　赤の調査ファイル』は、その出来映えにとにかく唸らされる一冊である。謎の設定や示し方、事件の決着の方法、それを登場人物の過去と結びつける技巧、そして全体をエンターテインメントとして一気に読ませる手腕、どれもが鮮やかである。その本書は、二〇〇三年に刊行された《ＳＴシリーズ》第五作の文庫化である。ＳＴとは、警視庁の科学捜査研究所に所属する面々を集めて編成された科学特捜班（Scientific Task Force）という組織のこと。今野敏が生み出したこの架空の組織には、百合根警部をキャップとし、その配下に抜群の科学捜査能力を備えた五人のメンバーが所属している。個性派揃いの彼等の活躍を描いた《ＳＴシリーズ》は、一九九八年の『ＳＴ　警視庁科学特捜班』に始まる初期三作品に加えて、タイトルに色を冠した第二期《色シリーズ》全五作品、さらには第三期の開幕を告げる作品として二〇〇六年七月に刊行された一冊と、本稿執筆時点では、全九作品が刊行されている。いずれも完成度の高いエンターテインメントだが、本書は、そのなかでも一、二を争う出来映えといえよう。

《STシリーズ》第二期、すなわち《色シリーズ》のタイトルに織り込まれている色は、STの五人のメンバーのそれぞれの名前にちなんだものとなっている。第二期の第二作である本書は「赤」であり、これは、赤城左門というメンバーを示している。ちなみに、《色シリーズ》の他の四冊で使われているのは、青、黄、緑、黒という色。それぞれ、とてつもなく整った顔をした筆跡鑑定や心理分析担当の青山翔の「青」、実家が寺で僧籍を持つ化学担当の山吹才蔵の「黄」と、露出過多な衣装を身にまとい、抜群の聴力を備えた結城翠という物理担当の「緑」、そして化学を担当し、おそるべき嗅覚と武道の才能を持つ黒崎勇治の「黒」に対応している。このことからも明らかなように、第二期の各作品では、STメンバーのひとりひとりを今野敏がきっちりと掘り下げているのだ。

そして「赤」――赤城左門である。TV番組の戦隊ものではないが、赤だけに、赤城左門はSTのリーダーに任命されている。医師免許を持つ彼は、STでは法医学の担当。髪が適度に乱れ、無精髭も浮かべているが、それでも周囲を不快に思わせず、むしろ色気として感じさせてしまうという男だ。彼は、その醸《かも》し出す雰囲気のせいで周囲からいつの間にかリーダー扱いされてしまうが、本人としては一匹狼のつもりでいる。というのも、彼はかつて対人恐怖症だったのだ。それをなんとか克服したものの、まだ女性恐怖症は残っている。そんな自分をなんとか上手く制御しながら、STのメンバーとして数々の事件を解決した赤城だったが、いよいよ自分と正面から対面しなければならなくなる事件が起きた。それが本書『ST　赤の調査ファイル』で描かれた事件なのである。

その事件への関与を通して、本書では、従来の作品では語られずに来た赤城本人の秘密が明かされる。当初は内科医を目指していた彼が、何故法医学の方面に進路を変え、しかも大半の法医学者が大学に残るにもかかわらず科捜研を仕事場として選び、STの一員となったのか。ファンならずとも興味を抱くポイントであろう。その赤城の秘密と、本書で描かれる事件や舞台が密に絡んでくるあたり、さすがは今野敏だ。素晴らしいプロットで、見事に1＋1を4にも5にもふくらませているのである。

■ミステリ

一人のサラリーマンが高熱を出した。インフルエンザへの感染を疑った彼は、近所の京和大学病院で診察を受ける。診断はやはりインフルエンザだった。彼は処方された薬を服用するが、顔から体中へと発疹が拡がり、皮がむけ、ついには死に至ってしまう。発熱で病院にかかり、その指示のもとに薬を飲んで、彼は死んだのだ。

一歳の子供とともに遺された妻は医療訴訟を起こした。裁判所はカンファレンス方式で鑑定を実施することを決定。裁判資料を読んで二ヵ月以内に意見をまとめるという役割を担うことになったのが、医師免許を持つ赤城であった。その関わりをきっかけとして、赤城は、病院内に、医学界に巣くう闇との対決に踏み込んでいく……。

このST第二期《色シリーズ》第二作は、果たして医療ミスはあったのか、それは検証可能なのか、といった興味で読者をぐいぐいと引っ張る作品である。大きな枠組みとしては警察対大学病院という構造で物語が進むのだが、終盤が実にスリリング。STを中心とした警察側のチームが、病院側に（そして読者に）予想の出来ない角度から攻め込んでいく場面は、圧倒的な迫力と知的で強烈な刺激を備えている。

そして、そのクライマックスを堪能したあとで、読者の方にはもう一度本書を振り返ってみていただきたいと思う。医療ミスという切り口から、最終的にどのような事件を今野敏が描き出したのか。その最終的な着地点の意外性とそこまで読者を導いていく経路の的確さを、今野敏が極めて見事にミステリとして具体化していることを、そうして再認識して欲しいのだ。常識的なミステリの流れをあっさりと飛び出しつつ、緊迫感を持続したまま意外な結末へと到達してみせた今野敏のミステリ作家としての凄みを、きっちりと噛みしめていただきたい。

それと同時に、この事件の背後にあった人々の心の動きについても着目すべきである。著者が描き出した人々の心は、物語の展開がミステリとして非常に新鮮であったのに対して、むしろおとなしく常識的で、普遍的なものである。それ故に、読者の心にくっきりと染みこみ、また、現代医療や大学病院、あるいは医局といった日本の医学界のシステムの問題点を訴えるうえで非常に効果的に機能しているのだ。しかも、その問題点を読者に伝えるナヴィゲータ役が赤城左門である。京和大学出身の彼をその役に当てることで、今野敏は、より明確に問題点を浮き彫りにすることに成功している——読者の心に深く刺さるであろう「怒り」を伴うかたちで。それを感じるのも本書を読む醍醐味といえよう。

■閉鎖環境

さて、これまで述べてきたように、単に舞台を病院に設定し、ナヴィゲータに法医学者を割り当てただけでなく、それらをミステリとしてのプロットと有機的に結合させたうえで医師や医療のあり方にまで踏み込んだ本書は、医学ミステリとして非常にユニークであり、かつ非常に優れた一冊である。

医学ミステリといっても、実のところ、その幅は相当に広い。

例えば、エラリー・クイーンに『オランダ靴の謎』という作品があるが、これは病院を舞台とした本格ミステリである。これもこの分野に含めることが可能だろう。エドワード・D・ホックの『サム・ホーソーンの事件簿』のシリーズは、医師ホーソーンが不可能犯罪の数々を解き明かす本格ミステリ短篇のシリーズである。サスペンス系では、医学部卒業後眼科医を開業していたロビン・クックが有名。『コーマ―昏睡―』『アウトブレイク―感染―』など、医学界や病院を舞台にした作品を数多く世に送り出している。TVシリーズ『ER緊急救命室』の原案者であり、『ジュラシック・パーク』などのベストセラーを持つマイクル・クライトンも、ハーヴァード大学医学部で博士号を取得しているだけあって、この分野は得意としており、ジェフリイ・ハドスン名義の『緊急の場合は』でアメリカ探偵作家クラブ賞最優秀長篇賞を受賞している。比較的新しいところでは、『病棟封鎖72時間』などのマイケル・パーマーの活躍が顕著だ。

日本人作家では、古くは、医学者であり慶応大学教授でもある木々高太郎や、東京医学専門学校（後の東京医科大学）を卒業し、医学知識を盛り込んだ作品をいくつも世に送り出した山田風太郎という作家もおり、また、江戸川乱歩賞を医学ミステリ『白く長い廊下』で受賞した医師、川田弥一郎や、精神病院を舞台にした『閉鎖病棟』で山本周五郎賞を受賞した精神科医の帚木蓬生もいる。「赤」つながりで言えば、鮎川哲也の本格ミステリ短篇「赤い密室」が、大学病院を舞台にしている。そうしたなかで、現在もっとも注目すべきは、『このミステリーがすごい！』大賞を射止めた海堂尊の『チーム・バチスタの栄光』だ。完璧な手術を誇っていたチームが何故失敗を繰り返すようになったのかという謎で読者を小説内に導く点や、キャラクターが非常に印象深い点など、本書の読者が喜ぶであろう要素が数々盛り込まれている。こちらも是非ご一読を。

とまあこんな具合に医学ミステリを並べてみたが、やはり、本書の独自性は揺るがない。なんともすごい作品なのである。

■伝説の旅

冒頭にも記したが、一九九八年に始まった《STシリーズ》は、二〇〇六年七月に『ST　為朝伝説殺人ファイル』で第三期に突入した。

伊豆大島と奄美大島。為朝伝説ゆかりの地で発生した二つのダイビング事故を、あるTV局が半ば強引に結びつけて番組を作った。その追跡取材のために、やはり為朝伝説と関連のある沖縄に赴いた同番組の女子アナが怪死した……。

この新シリーズ第一作は、為朝伝説を一つの主要要素とすると同時に、TV番組という舞台も大きな特徴である。しかも、この作品で中心となって活躍するのは、青山翔だ。こうした特徴は、第二期第一作の『ST　青の調査ファイル』と呼応する。

ということは、だ。第三期の「殺人ファイル」も、赤、黄、緑、黒を中心人物として五冊目まで続いていくのではないかという期待が（まことに勝手ながら）できるのだ。しかも、『ST　為朝伝説殺人ファイル』の特徴から、事件の背景となった伝説と関連する土地をSTメンバーが旅しながら事件を解明していくという期待も持てる。

――旅と伝説とSTと。

このシリーズの今後がますます愉しみである。

●本書は二〇〇三年七月、小社ノベルスとして刊行されました。

（この作品はフィクションですので、登場する人物、団体は、実在するいかなる個人、団体とも関係ありません。）

|著者|今野 敏　1955年北海道三笠市生まれ。上智大学在学中の1978年『怪物が街にやってくる』（現在、朝日文庫より刊行）で問題小説新人賞受賞。卒業後、レコード会社勤務を経て作家となる。2006年『隠蔽捜査』（新潮社）で吉川英治文学新人賞受賞。2008年『果断　隠蔽捜査２』（新潮社）で山本周五郎賞、日本推理作家協会賞受賞。「空手道今野塾」を主宰し、空手、棒術を指導。主な近刊に『欠落』、『宇宙海兵隊ギガース６』（講談社）、『警視庁ＦＣ』（毎日新聞社、講談社ノベルス）、『連写　ＴＯＫＡＧＥ３　特殊遊撃捜査隊』（朝日新聞出版）、『宰領　隠蔽捜査５』（新潮社）、『晩夏』（角川春樹事務所）、『虎の尾　渋谷署強行犯係』（徳間書店）、『ペトロ』（中央公論新社）、『クローズアップ』（集英社）、『確証』（双葉社）、『アクティブメジャーズ』（文藝春秋）、『廉恥』（幻冬舎）などがある。

ＳＴ《エスティー》 警視庁《けいしちょう》科学《かがく》特捜班《とくそうはん》 赤《あか》の調査《ちょうさ》ファイル

今野《こんの》 敏《びん》

2006年８月11日第１刷発行
2014年７月１日第23刷発行

発行者――鈴木　哲
発行所――株式会社　講談社
東京都文京区音羽2-12-21　〒112-8001
電話　出版部（03）5395-3510
　　　販売部（03）5395-5817
　　　業務部（03）5395-3615

Printed in Japan

講談社文庫
定価はカバーに
表示してあります

デザイン―菊地信義
本文データ制作―講談社デジタル製作部
印刷―――信毎書籍印刷株式会社
製本―――株式会社若林製本工場

ISBN4-06-275475-4

講談社文庫刊行の辞

二十一世紀の到来を目睫に望みながら、われわれはいま、人類史上かつて例を見ない巨大な転換期をむかえようとしている。

世界も、日本も、激動の予兆に対する期待とおののきを内に蔵して、未知の時代に歩み入ろうとしている。このときにあたり、創業の人野間清治の「ナショナル・エデュケイター」への志を現代に甦らせようと意図して、われわれはここに古今の文芸作品はいうまでもなく、ひろく人文・社会・自然の諸科学から東西の名著を網羅する、新しい綜合文庫の発刊を決意した。

激動の転換期はまた断絶の時代である。われわれは戦後二十五年間の出版文化のありかたへの深い反省をこめて、この断絶の時代にあえて人間的な持続を求めようとする。いたずらに浮薄な商業主義のあだ花を追い求めることなく、長期にわたって良書に生命をあたえようとつとめるところにしか、今後の出版文化の真の繁栄はあり得ないと信じるからである。

同時にわれわれはこの綜合文庫の刊行を通じて、人文・社会・自然の諸科学が、結局人間の学にほかならないことを立証しようと願っている。かつて知識とは、「汝自身を知る」ことにつきていた。現代社会の瑣末な情報の氾濫のなかから、力強い知識の源泉を掘り起し、技術文明のただなかに、生きた人間の姿を復活させること。それこそわれわれの切なる希求である。

われわれは権威に盲従せず、俗流に媚びることなく、渾然一体となって日本の「草の根」をかたちづくる若く新しい世代の人々に、心をこめてこの新しい綜合文庫をおくり届けたい。それは知識の泉であるとともに感受性のふるさとであり、もっとも有機的に組織され、社会に開かれた万人のための大学をめざしている。大方の支援と協力を衷心より切望してやまない。

一九七一年七月

野間省一